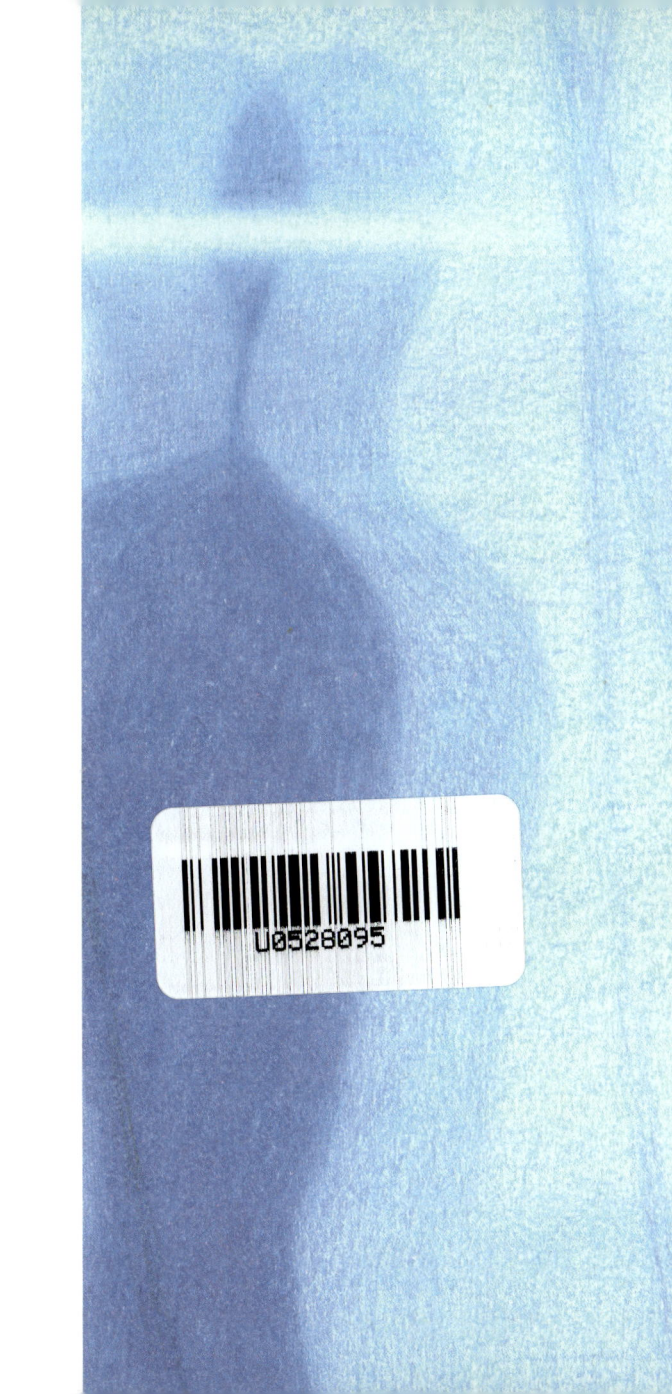

让日常阅读成为砍向我们内心冰封大海的斧头。

少年 소년은

늙지

不老 않는다

[韩]金劲旭 著

金冉 译

金劲旭 김경욱

中国友谊出版公司

图书在版编目（CIP）数据

少年不老 / （韩）金劲旭著；金冉译 . -- 北京：中国友谊出版公司, 2023.12
 ISBN 978-7-5057-5699-1

Ⅰ.①少… Ⅱ.①金…②金… Ⅲ.①短篇小说—小说集—韩国—现代 Ⅳ.①I312.645

中国国家版本馆 CIP 数据核字（2023）第 146554 号

著作权合同登记号 图字：01-2023-4682

소년은 늙지 않는다
© 2014 by Kim Kyung-Uk
First published in Korea by Moonji Publishing Co., Ltd.
All rights reserved.
Chinese translation copyright © 2023 by Beijing Xiron Books Co.,Ltd.

书名	少年不老
作者	［韩］金劲旭
译者	金 冉
出版	中国友谊出版公司
发行	中国友谊出版公司
经销	新华书店
印刷	嘉业印刷（天津）有限公司
规格	787 毫米 × 1092 毫米 32 开 10 印张 142 千字
版次	2023 年 12 月第 1 版
印次	2023 年 12 月第 1 次印刷
书号	ISBN 978-7-5057-5699-1
定价	49.80 元
地址	北京市朝阳区西坝河南里 17 号楼
邮编	100028
电话	（010）64678009

如发现图书质量问题，可联系调换。质量投诉电话：010-82069336

目

차례

喷雾 1 /　狗的味道 29 /　老大哥 63 /
少年不老 95 /　人生很美好 127 /
升降机 165 /　第九个孩子 197 /
山羊的骰子 227 /　地球工程 259 /
作品解读：作家的才气从何而来　白智恩 287

录

喷

스프레이

雾

他不小心拿了别人的快递回来。等无意间看到快递单时，箱子上的胶带已经撕下一半了。109号。当他瞄了一眼用签字笔写在箱子侧面潦草的字迹时，表情凝固了。保安是新来的，字迹比较陌生，他误认成了709号。而且他经常网购生活用品，下班很少空手而归。犯下这样的错误，倒也不是不能理解，但他惊讶自己的疏忽。他连发短信都要打草稿，平时拆快递之前一定会先检查快递单。心里乱七八糟的，感觉像是握住了一只汗湿的手，令他感到不快。

其实正在出汗的是他自己的手。只要一紧张，手心就会出汗。正因为汗湿的手，他才被初恋甩了。和初恋女友第一次牵手几天后，对方提出了分手，他想不出其他原因。自此他再也没牵过女人的手。脚倒是摸过无数次，光是今天就摸过二十一双脚。他是知名商场里女鞋店的经理。他的工作就是每天单膝跪地，把鞋子穿在顾客的脚上，看看是否合脚。即使跟顾客打交道，他也避免碰到对方的手。在接过对方递来的信用卡时，或是递给对方东西时，他都注意尽量不碰到对方的手。有时不小心擦过对方的手，他都像触火一样吓一跳。就算他催眠自己，在心中默念手只是人的前爪，也没起到什么作用。

他在裤腿上蹭了两下手，开始思考到底哪里出错了。手心出汗是因为错拿了别人的快递，错拿别人的快递是因为注意力下降，注意力下降是因为疲惫，疲惫是因为晚上没睡好，晚上没睡好是因为隔壁的猫叫声。

找出原因后，他一下子放松了。因为这样就会大大降低再犯相同错误的概率。他也这样对待汗湿的手。只有远离了女人的手，他才不会犯同样的错误。如果他没有找出被初恋甩掉的原因，现在一定还在重蹈覆辙。比起被人爱，更重要的是不犯错。他犯了错的话，父亲就会大声训斥："你还有什么能耐？"那时候的他就会像吃了黄连的哑巴一样有苦难言。于是父亲就又会咂着嘴嘟囔:"潮不拉几的玩意儿。"

他在撕掉一半胶带的箱子上重新粘了胶带。看起来毛毛糙糙的,也没办法了。就算被人发觉,也猜不出是谁干的。只要放回原处,就可以了。他抱着箱子急急忙忙地出了门。

看到端坐在门卫室里的保安,他猛地停住脚步。快递箱整齐地垒在门卫室对面的墙边。他没法避开保安的视线偷偷将箱子放回去。如果公然放回去,保安必定要询问,他只能辩解说拿错了。他不想被人当成偷拆别人快递的人。虽然有些麻烦,但还是等保安不在的时候再来吧。他转身上楼回家了。

第二天下班后,他走进公寓大门,看到一名中年女子缠着保安在说什么,吓得一激灵。他装作找快递的样子,偷听女人和保安的对话。

"你是说箱子长了脚,自己跑了吗?"说话的女人肯定是109号的住户。

"里面有贵重物品吗?"保安压低声音问。

"如果是便宜货我还会这么上火吗？所以说让你们装个监控啊，能花几个钱？都反对装。破庙留不住和尚，这是叫花子住的公寓啊？"

保安紧闭着嘴摆弄帽檐。

他抱着写有709号的箱子，一溜小跑上了电梯。后脑勺一阵灼热。现在没办法把109号的箱子放回去了。补救失误的机会就这么飞走了。都怪那只该死的猫。按下电梯关门按键，他的手心全是汗。

他一脚踢开隔壁门前放着的黑色垃圾袋。原以为会有塑料碗飞出来，没想到吃剩的炸酱面残渣和腌萝卜片撒了一地。他张望了一下四周，走廊空无一人。

他的手握在门把手上，忽然停下开门的动作，回头望了望地上的垃圾，长叹一口气。他从厨房里拿出一次性手套回到走廊，戴上手套把食物残渣捡回碗里，然后用消毒湿巾擦拭地面。在这世界上除了他以外，不会有人知道他踢飞了邻居的垃圾袋。这个事实至少是一种安慰。

他瞪了一会儿没法送还的快递箱，粗暴地撕开胶带。胶带连带着纸箱被刺刺地撕开，那一瞬间他感受到一种近乎战栗的快感。这种从未体验过的意料之外的快感令他惊慌失措。

这让他一下子想起跟初恋吃饭的情景。那是跟初恋第一次牵手的日子，两个人都喝了不少。从座位上站起来的时候，女孩开口了："这个杯子好漂亮，想要一个。"在他看来只是普通的玻璃杯，女孩却像发现了这世上最珍贵、最美丽的杯子一般咋呼起来。可能是因为喝醉了吧。他把杯子偷偷放进外套口袋，心脏怦怦直跳。他像捅了什么娄子似的兴奋起来，又担心被人察觉。最后他还是把杯子放到柜台上，压低声音问店员："这个杯子，得给你多少钱？"

他拆开快递箱。从化妆棉到指甲油，里面装着各式各样的化妆品。他能用的也只有除汗臭喷雾而已。用来喷腋窝的喷雾。他对着空中一喷，是薰衣草香味。剩下的东西都被他扔进了垃圾箱。

第二次拎着别人的快递回家就不是拿错了。他忘不掉偷拆快递带来的快感。这次他拿了隔壁楼的快递。他趁着保安不在的空当溜进去，挑了一个方便拿走的小箱子出来。

他在等电梯的时候，开始想象箱子里装了什么。不过愉快的畅想很快中断了。他感觉裤脚有些潮湿，弥漫着一股浓重的臊味。环顾四周，才发现脚下有一只猫。是隔壁的猫。以前见过隔壁女人抱着它散步。它就是一只无比平凡的花猫，他却永远忘不掉这只猫望着他时的傲慢表情。女人的背影更令他难以忘怀。裙摆下又长又直的腿让他印象深刻。他的手心又湿了。臊味虽然难闻，却让他夜夜辗转难眠时的记忆重新鲜活起来。每晚猫的叫声断断续续地从未停歇，吵得他无法合眼。女人的皮鞋声一如既往地在凌晨五点钟响起。他的夜晚就嘀嗒嘀嗒地流逝了。女人总是在这个时间下班回家，同一时刻他就会睁开眼。皮鞋声让他苦不堪言。要不是这皮鞋声，他还能再睡上一两个小时。他的听觉并不敏感，但奇怪的是一听到隔壁女人的皮鞋声，他的眼睛一下子就睁开了。不管他喜欢与否，都得听着女人的洗澡声拉屎，听着女人的广播声系领带，听着女人的逗猫声出门上班。

今天他也是听着女人的洗澡声坐在马桶上，却拉不出屎。都是因为没睡好觉。这预示着今天的生活将会乱七八糟。习惯性地按下冲水键,火气一下子蹿了上来。他一走出卫生间,就拿起内线电话,拨打了隔壁的号码。他听着话筒中传来的枯燥信号音,咽了口唾沫。这是他第一次给隔壁女人打电话。

"喂?"

"我是隔壁的。"

"有什么事吗?"戒备心像钉子一般嵌在女人的声音里。

"因为猫叫声,我一晚上都没睡着!"他郑重地说道。

"天哪,真的吗?"

"真的。"

"奇怪,我家宝贝不叫的啊!"

"明明经常叫,已经不是第一次了。"

电话那边的人沉默了一会儿,开口问道:"您住哪间?"

他突然瑟缩起来。手心又湿了。

"709号。"他在裤腿上擦了擦手心,答道。

"其他邻居什么都没说呢。"

"我说,我一晚上都没睡着!"他的声音提高了许多。就算是对着已经试了九双鞋转身离去的顾客，他也会毕恭毕敬地行礼。他尖厉的嗓音回荡在寂静的家里，令他感觉十分陌生。

"知道了。"

只有一句话。没有"抱歉，会注意一下"之类的话。"咔嗒"一声，电话挂断了。他无力地放下听筒，喃喃自语："知道了。"手心已经冰冷了。

他盯着猫看。喵。年轻女人正在打电话，猫轻摇着尾巴舔她的脚。是隔壁的女人。女人看向他的瞬间，他为自己打算投诉猫叫的事感到一阵紧张，慌忙转过头。他在裤子上蹭着手心，用余光瞟了一下女人。她今天没去上班吗？隔壁女人穿着粉红色的运动装，屁股上印着英文字母，好像是粉红色的意思。正好是他讨厌的风格。这使他想起印在马屁股上的烙印。怎么说呢，很庸俗。

隔壁女人一边打电话一边进了电梯。他跟在女人后面。女人面对电梯里的镜子站着，他刚好能看见她的后背。猫走到电梯的角落里，竖起全身的毛，抬起尾巴，对着角落滋了一泡尿。

电梯门一打开，猫就先跑了出去。他最后一个出电梯。女人还在打电话。他欣赏着女人的背影，跟在后面慢慢地走着。猫跑到在走廊一边停着的自行车的轮下，又撒了一泡尿。他低头看了看裤脚上的猫尿渍，皱了下眉。

他回到家之后，先洗了裤子。虽然用了很多洗衣粉，但臊味丝毫没有消退。他把裤子搭到晾衣架上，在污渍处喷了许多除汗臭喷雾，又好像是怕猫尿沾到身体上似的，认认真真洗了个澡。

把偷来的隔壁楼的快递箱放到面前，他的表情才缓和下来。撕开胶带时，果然又感到了强烈的快感。这种解脱感就像解开勒紧喉咙的领带扔掉一样。箱子里是小狗模样的塑料玩具，上面还插着发条。上紧发条，小狗就汪汪叫了起来，向前走动时，尾巴摇得像风车。等发条松了，小狗便保持四脚朝天的姿势，一动不动。

他拿起小狗，朝垃圾桶走去，忽然听到门铃声。是隔壁的门铃声。他把耳朵紧贴在门上聆听。"是我。"一个浑厚的男声。他依次听到开门锁的声音、开门声、关门声。

他打开门，走了出去。天已经完全黑了。他靠在走廊的栏杆上,看了一会儿楼下,给小狗上紧发条,放在栏杆上。小狗汪汪地叫着,朝前面走去,走向栏杆的尽头。他虽然伸出手去接,小狗还是掉下了栏杆,它的尾巴在空中也摇得像风车一样。小狗摔碎的声音让他一阵发麻。他环顾四周,走廊里,楼下,都空无一人。

再次听到隔壁开门的声音,是大约一个小时之后。他听到隔壁关门的声音后,悄悄从猫眼向外看。渐行渐远的男人身穿运动装。那天晚上他没有听到猫叫声。

他又一次故意拿了别人的快递回来。他可不是反复失误的人。下次,还有下下次也一样。他换了一栋楼,偷回一件快递。去过一次的地方他就不会再去了。怕自己忘记,他还在小区地图上做了标记。

他不关心箱子里装着什么。他想要的是粗暴地撕开快递箱时体验到的解脱感。不过拿走隔壁的快递,不是为了解脱感,纯粹是因为好奇心。

那是商场搞定期打折活动的第一天,大批客人涌进来,他一整天都没能直起腰。他只想下班回家后赶快洗个澡睡一觉,可是没法经过快递箱而不顾。他瞥了一眼箱子上的数字，吃了一惊。他又仔细看了一眼。不是108号而是708号，写得清清楚楚的。他第一次看见隔壁的快递箱。确切地说，这是在他开始偷拿快递之后，第一次看见隔壁的快递箱。

保安正在打瞌睡。他拿起隔壁的快递箱。确实有好奇心作祟，也有泄愤的原因。因为猫叫声他晚上经常无法入睡。女人不在家的时候，猫才会叫。她一回家，猫就像从来没叫过一样，变得温驯起来。所以他的数次抗议才都会被无视。女人有时会提高嗓门。简直是贼喊捉贼。女人好像经常突然神经质。她也常跟周末晚上来访的男人争吵。不清楚是因为神经质才跟那个男人吵架，还是因为跟那个男人吵架才变得神经质。他唯一能确定的是那个男人的衣着。男人无论何时都是一身运动装。他能做的就是每次都盯着男人的背影消失在走廊尽头的楼梯口。

快递箱不大却很沉重。他头也没回地走向电梯口。电梯还停在十五楼。总是这样。该死的电梯！就像所有人都住在顶楼似的。他大步跨上消防通道的楼梯。仿佛所有的肌肉都紧绷起来，很难得地感受到了一股活力。

关上房门的时候,他的衣服已经被汗水浸透了。放松下来的同时,一股软绵绵的疲惫感席卷而来。他在浴缸里放满热水,一边泡澡,一边想象着箱子里装了什么。和体积比起来,箱子明显太重了,难道装的是书?是什么书呢?想象的齿轮无法顺利转动。论分析,他有自信不逊于任何人。但他不擅长想象。

从浴缸里出来,他还是没有拆快递。他给自己煮了拉面,甚至还喝了茶,像是要将美味留到最后享用一般,尽可能地拖延决定性的瞬间。父亲经常对他说,世界上有两种人:先享用美味的人和后享用美味的人。你要做先享用美味的人,要在边际效应最大的时候享用美味。为了将美味留到最后而吃糠咽菜的人都是傻子,你绝对不能成为傻子。父亲只知其二,不知其三。世界上不仅有这两种人,还有他。他为了美味入口的那一瞬,可以忍饥挨饿直到最后。因此,边际效应也上升到了最高点。

他换上新买的睡衣,甚至倒了一杯珍藏很久的香槟,喝掉后,才去拿快递箱。他不慌不忙地端详着快递箱,皱起眉头。奇怪,快递箱子上没贴快递单,也没有被扯下来的痕迹。只用签字笔写了大大的门牌号，跟箱子侧面的门牌号笔迹一样。他把昨天收到的快递箱拿过来比较了一下笔迹。不一样。这不是保安写的。从心底升起一股不祥的预感，迅速扩散到整个心脏。他直冒冷汗，似乎面前放着一颗定时炸弹。总觉得心里很不踏实。

潜意识的本能警告他赶紧把诡异的快递箱放回原处，但他却不自觉地拆开了快递箱。箱子里有一个黑色塑料袋，袋口用尼龙绳系紧了。

他解开尼龙绳朝塑料袋里俯视的瞬间，面孔扭曲了。塑料袋里是一只猫。隔壁的猫。准确地说，是隔壁的猫的尸体。他的手心开始出汗。猫的嘴角上扬，好像在笑。

他的大脑飞速运转。到底是谁干的？为什么要把死掉的猫送过来？把死掉的猫送还给主人的行为背后的阴暗意图，令他不寒而栗。这明显是要刺激隔壁的女人。这跟他瞥见这只箱子时产生的想法完全一样。

他把箱子合上，重新粘好胶带。就像错拿了109号的快递时一样。还回去，一切就到此为止了。想到这儿，他的心情好些了。当然那天晚上他没有听见猫叫声，难得地睡了个好觉。

第二天早上，他把有问题的快递装在购物袋里。箱子上写着隔壁的门牌号太惹眼，没必要惹人注意。他把餐桌上的红十字会费通知单也一并拿走。今天是缴费的截止日。他一次也没有忘记缴纳红十字会费。不管怎样他都是个踏踏实实的市民。

从电梯里出来的瞬间，他眯起了眼睛。保安端端正正地坐在门卫室里。这下麻烦大了。别说箱子里装的，连箱子都不能被他发觉。经过门卫室的瞬间，他拎着购物袋的手不自觉地握紧了。

无法归位的箱子总是浮现在脑海里，使他无法好好工作。虽然他把箱子藏在了货仓里，但是始终放不下心。他仿佛能听见从仓库里传来的猫的悲鸣声。更难忍受的是他必须坚持到下班时间。而且下班时不一定能把箱子悄悄地放回去。

他假装肚子痛，说要去一趟医院，便离开了商场。这期间购物袋好像变得更沉重了，并散发出一阵令人不快的异味。

他驱车前往邮局。在附近的便利店也可以寄普通快递，但是他希望交给更靠谱的快递。毕竟邮局的快递最值得信赖。

他在邮局快递单收件人一栏写下隔壁女人的地址和名字，写得太自然流畅，连他自己都吓了一跳。他打起精神回想起来，有一次在自己的信箱里见到过投递错误的信件。他在发件人一栏写下假地址和假名字。从一开始他就跟这件事无关。只是因为他的好奇心，暂时推迟了快递配送而已。

"箱子里装的是什么？"

他刚把箱子放到电子秤上，邮局职员便开口问他。意料之外的提问。

"猫。"

他下意识地脱口而出。虽然心里"哎呀"一下反应过来，但说出去的话已经咽不回去了。他在裤腿上蹭了两下手心。

"不会是黑色的猫吧？"邮局职员扑哧笑了。

"是的。"他费力地挤出一个微笑。

"大概周一能送达。"

"知道了。"他吃力地嘀咕道。

他一边感谢因为神经衰弱而英年早逝的美国作家[1]，一边走出邮局，甚至没忘缴纳红十字会费。

现在没有人能够打扰他的美梦了。虽然他也很好奇，到底是谁除掉了猫，但重要的是猫永远不会叫了。不会叫的猫。这就够了。猫不叫，他就能睡个好觉；睡个好觉，注意力就不会下降；注意力不下降，从此就可以跟偷拿快递的事说声再见。一想到别人家的快递，他嘴角若隐若现的微笑就消失了。一想到不能再拿别人家的快递，一阵悲伤涌上心头。

他穿上睡眠袜，打开加湿器，躺到床上。他酣睡了一整夜，直到隔壁女人的皮鞋声将他唤醒。皮鞋声竟都开始讨人喜欢了。

夜晚的和平舒适只维持了一天，就离他远去了。第二天是定期休假，他身心舒畅地正要入睡时却被吵醒了。

---

[1] 这里指的是美国作家埃德加·爱伦·坡（1809—1849），代表作有《黑猫》《安娜贝尔·丽》等。——本书中注释除特别说明外均为译者注。

隔壁传来吵架声。激烈的争吵声尖利地敲击着墙壁。那个女人在破口大骂。骗子、背叛、甜头，这些词语像玻璃一样迸裂了。好像确实有什么东西被打碎了。有时以为争吵似乎要停歇了，忽然间嗓门又粗暴起来。比猫叫声更加聒噪，更令人反感。运动服男人咣的一下摔门而去，隔壁重新陷入了沉寂。

他打开床头的台灯，看了一眼闹钟。凌晨两点。万幸第二天不用起早上班，但却难以排遣一种刚刚遭了贼的心情。他热了一杯牛奶喝下，重新入睡了。

好不容易入睡，又被吵醒了。从隔壁传来丁零当啷的动静。好像那女人在砸东西，见什么扔什么。只听声音都能猜出有哪些家具惨遭毒手。挂钟被打坏了，盘子被砸碎了，玻璃杯也被摔碎了。他能忍受打碎的声音，却无法忍受摔碎的声音。女人摔碎东西的声音总是一次，一次，又一次。他的手心开始出汗，脚也开始出汗。

他脱下睡眠袜扔到一边。他的脚很少出汗弄湿袜子。女人的架势好像要把世上所有的夜晚都敲碎一般。得有人劝阻她才行。他一边庆幸把装死猫的箱子寄给了女人，一边下了床。拿起内线电话，他的脸色变得凝重起来。信号音响了好一阵，女人才接电话。

"您知不知道现在几点了？"他郑重地问道。

女人一言不发。他在睡衣上擦了擦手心。

"我问您知不知道现在几点了？"他又一次郑重地问道。

"狗杂种。"女人冷冰冰地骂了一句。

他感觉后脑勺被人狠抽了一下。有生以来第一次听到如此难听的脏话。他以前听过的最下流的脏话，是爸爸说的那句："你这个潮不拉几的玩意儿。"他像挨了一记回击的拳手一样屏住呼吸，双腿颤抖。他猛地攥紧了电话听筒。

电话那边的女人突然放声大哭。女人像决堤的洪水一样凄凉地恸哭起来。她哭了很久。哭声从听筒传来，透过墙壁传来。

等那个女人停止哭泣，一言不发地挂断电话后，他才放下电话听筒。手心像刚刚牵过女人的手一样湿淋淋的。先前的愤怒已经消失了。如今只有迟到的悔恨，就好像他对女人做了什么坏事一样。他想跪在女人面前抚摩她的脚。他后悔踢飞了女人家门前的垃圾袋，仇视她家的猫，打电话抗议她家太吵了。把装着死猫的箱子寄回去的事，更让他牵挂。因为复仇的冲动蒙蔽了双眼才会……就算如此，必须阻止女人看到那只箱子。毕竟只是一只再也不会吵闹的猫啊。

他吃过早饭就找了一处能望见公寓楼门的位置停好车，坐在驾驶位静静地等待。他不知道邮局的快递车什么时候能来。为了赶走困倦，他大口地喝着装在保温杯里的咖啡。午饭就用从家里带来的面包和牛奶凑合一下。他不能离开这里。就连小便也尿在空矿泉水瓶里。他俨然成了正在执行潜伏任务的刑警。

潜伏中折磨他的不是困倦也不是尿意，而是时不时出现的自责。我到底在干什么？隔壁女人见到猫的尸体或者没见到，其实都和我无关。他忽然气馁了，进而伤心起来。因为隔壁女人绝不可能知道他的辛苦。即便如此，他也没有离开。既然已经开了头，就不能让过去的努力全都白费。他平白无故地产生了斗志。

他暗暗地希望隔壁的女人不在家。这样邮差就能把快递放在门卫室，他就可以轻松地处理快递了。他可以趁着保安离开的空当偷走箱子，就算保安坚守着岗位，他也可以假装拿错一样顺走箱子。如果邮差直接上楼的话，那就真麻烦了，特别是今天隔壁女人一直闭门不出。

邮局的快递车出现时已经接近下午四点半，他都潜伏八个小时了。快递车一映入眼帘，他的心脏便怦怦地跳起来。他朝门卫室方向扫了一眼。原来一直坚守岗位的保安这会儿离开了。他压低帽檐，戴上口罩，走下车。

快递车停在他住的那栋楼前，邮差从驾驶室跳下来，小伙子看起来矫健敏捷。他快步走到车后，从货厢里拿出箱子。是他寄出去的那只箱子，装着死猫的箱子。

邮差朝公寓大门走去。他放轻脚步跟在后面。手心开始出汗了。无论如何都要拦下邮差。

邮差站在电梯门口。电梯一如既往地停在十五楼。邮差毫不犹豫地选择了爬楼梯。他紧跟其后。邮差爬楼梯的速度很快。他也不甘落后，咬紧牙关紧追其后。被甩掉就完蛋了。他虎视眈眈地盯紧邮差。

爬到六层的时候，机会终于来了。随着一串电话铃声，邮差奇迹般地停下脚步，把箱子放在地上。趁着邮差从外套口袋里掏手机的空当,他迅速抱起箱子冲进六楼的走廊。

"喂!给我站住!"

背后传来吼叫声。他跑向走廊另一侧的楼梯。此时电梯停在一楼。他拼命跑下楼梯。

邮差很快就抓住他了。不是他跑得慢,是邮差跑得实在太快了。在五楼和四楼之间的楼梯上,邮差一把揪住他的衣领,力气之大,让他的身体都打了个转。

"给我!"

邮差用力想抢过箱子,他则拼死抵抗。箱子要被扯坏了。他的手心使足力气,箱子左右摇晃。邮差的上半身也跟着摇晃起来。邮差的体重太轻了。一不留神,箱子飞向半空,撞到墙上,顺着楼梯滚了下去。邮差扶着楼梯栏杆,探出半个身子向下看。他的眼神也追着箱子,眼看纸箱滚到了四楼走廊的入口处。

"你小子到底要干什么?"邮差抓住他的衣领高声质问。

他喘不上气。邮差脸色铁青,气势汹汹地瞪着他。他被压在栏杆上,上半身向后仰出栏杆摇摇欲坠。首先得喘过气来。他一把抓住邮差的腰部,邮差的身体失去平衡,被他的腿绊倒,失去重心,翻滚到楼梯平台的角落里,甚至来不及发出惨叫声。反而吓得他尖叫一声。

邮差一动不动,似乎脖子摔断了。不会吧?他心里咯噔一下,不自觉地摸了摸自己的脖子。邮差纹丝不动。好像死了吧。他像筛糠一般浑身颤抖。大脑一片空白,眼前一片漆黑。世界好像轰然倒塌了。真正轰然倒塌的是他的意识。

等回过神来,他已经跑回家了。他不敢相信降临在自己身上的不幸。他甚至无法理解到底发生了什么。心脏一直怦怦地跳个不停。刚才发生了什么,心脏应该很清楚。心脏就是黑匣子。他甚至产生冲动,想把心脏掏出来,重播刚才发生的情形。为什么我要尾随邮差呢?他这才想起装着死猫的箱子。

他像着了魔一样冲出家门。必须赶紧处理掉箱子。他觉得只要处理掉猫的尸体,一切就可以恢复常态。他冲到四楼纸箱滚落的地方。箱子不见了。他望着出口上方标着的楼层数,没错,就是这个位置。难道是谁拿走了箱子？刚才发生的一切都是幻觉吗？是因为神经过敏，幻想出的一场噩梦？在通向五楼的楼梯平台发现倒在地上的邮差时，他的希望彻底破灭了。

他回到家，思索着要不要报案。他不确定邮差是不是死了。送到医院的话可能会救回一条命。要是已经死了呢？那就是自讨苦吃了。在他苦思冥想的时候，外面传来警笛声。他贴在窗户上向外张望。不是救护车，而是警车。毫无疑问，邮差已经死了。现在他又开始苦恼要不要自首了。要是去自首，会减刑几年呢？

他在网上搜索过失杀人罪的量刑标准。判处两年以下监禁，或者七百万元[1]以下罚款。人命出乎意料地便宜。把五个月后到期的存款提前支取出来，手头能凑出四百万元。他的车虽然很旧了，也能卖个两百万元吧。他打开二手车网站查询行情。输入车型、年式、行驶里程，结果显示只值一百二十万元。

"简直是抢匪！"他狠狠捶了一下桌面大喊。

---

1 本文中出现的货币单位均为韩元。（编注）

第二天晚上警察找上门了。他没有主动报警。他还在犹豫要不要自首。不是怕判处两年以下监禁或者交七百万元罚款,他只是怕父亲骂他:"你这个潮不拉几的玩意儿。"他想不起邮差的脸长什么样,两人打斗时邮差喊的话却清晰地回荡在脑子里。"你小子到底要干什么?"父亲说得对,他就是个潮不拉几的玩意儿。

门外站着的人自称警察,他的手心又开始出汗了。该来的还是来了,但是比他预想的迅速。必须马上自首才行。他自暴自弃地打开房门。虽然已经晚了,但也要坦白一切。

"是你杀了猫吗?"警察站在玄关处问他。

"什么?"

"你杀了隔壁的猫吗?"

"没有。"

"因为猫叫你向隔壁抗议过吧?"

"嗯。"

"真的没杀那只猫吗?"

"嗯。"

警察不动声色地看着他,眼神看起来像测谎仪。他无法避开警察的眼神。警察一边环顾四周,一边向他解释为什么要调查。

"您经常出汗吗?"警察压低声音悄悄地问。

"什么?"

"我们也很喜欢用那个呢。"

警察用下巴指了指鞋柜上放着的喷雾说。除汗臭喷雾。失手错拿的快递箱里装着的东西。

"我有点儿,嗯,潮不拉儿。"他挠了挠头说。

警察对他协助调查表示感谢,转身离开了。他关上门,松了一口气。如果是关于死猫的案件,那他可是清清白白的。可是好景真的不长。死猫又回到了隔壁女人手里。对他来说则是又一个大麻烦。装着死猫的快递是他寄出去的事可能会露馅儿。如果想证明自己没有杀猫,就得坦白偷女人快递的事实,连带着这段时间偷快递的事都会暴露。

他开始在网上查找盗窃罪的量刑标准。犯单纯盗窃罪会被判处六年以下有期徒刑或者一千万元以下罚款。比过失杀人罪还要严厉。况且他还是惯犯。他打开小区地图,上面画着九个叉。不可能酌情减刑了,甚至可能被扣上杀猫的罪名。他又搜索了杀害宠物罪的量刑标准。违反动物保护法，处五百万元以下罚款。犯毁坏财物罪，另处三年以下有期徒刑，或七百万元以下罚款。三罪并罚，他的人生就要彻底完蛋了。如果自首呢？不论怎样，他的人生就只能潮不拉几的了。他甚至想咬舌自尽。

在网上检索新闻时，他终于发现了跟邮差有关的消息。"昨日下午首尔一栋公寓内，一名邮差倒在楼梯拐角平台，被人发现后送往医院抢救，至今昏迷不醒。警方初步判断邮差是因为过劳导致失足坠落。"得知邮差还有一口气在，他松了一口气。

那晚隔壁没有传来任何声音。第二天也是，第三天也是，静如死水。就连凌晨五点准时响起的皮鞋声也没了。隔壁门前每天都会出现的空碗碟也消失了。邮差仍然处于昏迷状态。

他拿起内线电话，拨通了门卫室的电话。

"我是709号的住户。"

"您有什么事？"

"隔壁太安静了。"

"然后呢?"

"隔壁一点声音都没有。"

"那也能成问题吗?"

"没有。"他挂了电话。

他再一次拿起听筒,正在犹豫要不要给隔壁打电话的工夫,窗外传来轰的一声闷响。他放下听筒走到阳台朝下张望。有人摔在花坛里。粉色运动装,苗条的背影。是隔壁女人。人们逐渐聚集到女人周围。保安也跑来了。保安抬头朝楼上张望,其他人也跟着抬起头。他慌忙蹲下来。

过了好一会儿他重新站起来朝楼下张望。人群仍然围着女人叽叽喳喳。有人在打电话。至少没人朝楼上张望了。他不紧不慢地俯视女人的侧脸。这是他第一次打量隔壁女人的侧脸。他的手心又开始出汗了。沙发、桌子、床、衣柜、鞋子、电脑、盘子、灯管,全都浸湿了。他在手心喷了喷除汗臭喷雾,又朝沙发、桌子、床、衣柜、鞋子、电脑、盘子、灯管喷了喷。空气中弥漫着薰衣草的香味。本应从109号住户的腋窝里飘出的香味。

狗

개의 맛 的

味道

安下决心去找金,是因为昨晚的梦。老人家出现在梦里还是头一回。老人家站在绳套后面的模样清晰地浮现在眼前。还是一丝不挂,赤条条地站在那儿。是有什么坏事情要发生吗?可惜安不知道老人家的下落。或许张知道?他也不清楚张的行踪。有事的时候张才会找上门,就像每次安去找金一样。或许金知道张在哪儿?最后一次去找金还是六年前,因为赶尽杀绝反动分子的非罪之罪,老人家冤屈地在监狱生活几年出狱的时候。"今后我们来侍奉您。"张握紧了拳头带着哭腔说。老人家挺直了腰说:"别找我了,时机到了我会去找你们,好好练习,能力别生疏了。"难道是老人家终于要来找我们了吗?因为需要我们,才会光着身子出现在漆黑一团的梦境里吗?

　　最后一名听课的学生像音乐学院的学生。看她高高扬起下巴的样子,学小提琴的? 安一打眼就能猜到。女学生边行礼边说,请多指教。非常温顺,不像现在的孩子。安带着女学生来到驾照考场起点。先来的车已经在等候了。安停好车,和女学生换了位置。

　　女学生车开得不错,所以安只要指路就可以了。在丁字路口右转,过了桥直行,在下一个交叉路口左转。女学生也认得路。在转过返回点后,不用自己提醒便从容地关掉转向灯,迅速顺畅地变换车道。虽然省心舒服,却有种被抢去活儿的感觉。

　　"车开得不错啊!"

　　"啊,真的吗?"

　　"马上考试也没问题。"

　　"真的吗? 谢谢。其实……我用爸爸的车稍加练习了呢。"

　　说话语气奶声奶气的,也就是身高像个大人,实际就是个孩子。最近这些毛孩子,块头像座山,精气神却像粒小米。

"哪个大学？"

"什么？"

"读哪个大学啊？"

"看起来像大学生吗？啊，谢谢。其实才高考完呢。"

安僵住了。乳臭未干的毛孩子要学开车，乳臭未干的毛孩子能熟练开车，乳臭未干的毛孩子明明能熟练开车还装模作样地说请多指教，都让他看不顺眼。这乳臭未干的小毛孩儿。

安为了掩饰愤怒闭上嘴不吭声了。跑完 A 路线又跑 B 路线的路上他也始终没说话。到达驾校后，女学生边下车边道声"辛苦了"，安不得不点了点头。

"怎么看都是女大学生啊！"

安一边嘟囔着，一边茫然地看着女大学生——不，女高中生——坐上了在停车场等她的奥迪车。

"盯着看什么呢？"驾校的校长问他。

"没啥……"

"上班时好好漱口。"

"漱口？"安一脸蒙。这个臭小子从他爹那里继承了校长的位置，平时安就看不惯他趾高气扬的样子，却不敢流露出来。

"因为口臭，学生们要求换教练。"

安的脸瞬间变得滚烫，感觉办公室里的人全都在看他。

"谁要求的？"安低声下气地问。

校长用下巴指了指奥迪。一股极度的羞辱感令安的头皮都要烧起来。比起没有礼貌的小丫头，公开让他出丑的校长更令人痛恨。狗崽子。安想掐住校长的脖子。这股剧烈的愤怒让他自己都吃了一惊。校长嘀嘀咕咕、唠唠叨叨，说现在经营怎么怎么困难。安逃跑似的溜出了办公室。

安像迷路的人一样环顾四周。安弄丢的不是路，而是金。是金的修鞋店。说是修鞋店，其实就是在高架桥的支柱下面，用窗框围成的简易房。伸直腰，头就碰到电灯泡了，蜷缩着坐在工作椅上也能勉强开关门。在这个巴掌大的地方，金在一团黑暗中蜷缩着，跟皮鞋展开斗争。金经常把修好的皮鞋放在昏暗的电灯泡下面欣赏一番，如果满意的话，就会啐口唾沫。

安慌了。他每次找来，金总是雷打不动地坐在这里。所以根本没必要使用有窃听危险的电话。可这次却扑空了。金的修鞋店消失了。安环顾四周，看到挂着万宝路广告牌的烟铺。附近出现了从没见过的建筑和商店，不过从前金修鞋店的位置肯定没错。安穿过马路走向香烟铺。

烟铺的老人正在读报纸。安在报纸上放了块口香糖——薄荷口香糖。

"那边的修鞋店怎么了啊？"说着，安把钱递过去。

"是啊，差不多一个月前吧。有天早上一看，莫名其妙地消失了。"老人数着零钱回答。

"金部长，不，那个金，您知道他去哪儿了吗？"

"金氏？我也想知道啊。不过，你和金氏是什么关系？"老人又数着硬币问道。

"朋友。"

"朋友，那还不清楚他在哪儿干啥呢？"老人又数着硬币说。像自认为不可能算对的人一样，好像只有算错了才能停下来似的，把区区几个硬币数了又数。

"因为忙于生计就——您没数错。"

"算对了?"

"是的。"

老人这才把找零的硬币递过来。

"等一下。"

老人打开柜台抽屉摸索了一会儿,掏出一个假牙套。

"是金托我修补的。我侄媳妇给他优惠价,修好了。若碰到就转交给他吧。"老人撕开报纸包好假牙。

"是金用过的吗?"安接过装有假牙的塑料袋问道。

"应该是吧。一定要交给他。"老人的表情像扔掉了旧行李一样。

安坐在附近的长椅上,从塑料袋的报纸里取出假牙。金部长的牙齿不结实吗?安对金知之甚少。连名字都不知道,怎么会知道有多少颗蛀牙。无知就是福。就算跟保护组织的苦肉计无关,安对金的身世也没什么兴趣。不过好奇的事倒是有一件……

安握着假牙合上眼睛。一个陌生的形象慢慢浮现出来,安的脸上隐约露出了满意的微笑。能力还没老化。安聚精会神。灰烬,灰色的坚硬感。这是广场吗?到处都是灰突突的污渍。画面很模糊。安紧闭上眼睛，出现了红色的东西。红色的路，有着纸张质感的形状。字和人群。需要读出字来。安的眉头皱起来，四处流走的字被锁在眉间。一下抓住跳动的字体，字瞬间坍塌滑落下来。

安的脸扭曲了，一阵令人窒息的痛苦袭来。安像浮出水面的落水者一样，慌忙张开嘴大口呼气。突然发出一阵剧烈的咳嗽，感觉肺都快咳出来了。

咳嗽停止后，安的脸变得惨白。不是因为痛苦，而是因为超能力正在衰老、死去。安努力重聚精神，却未能如愿。曾被称为洪吉童[1]的他，只用一只打火机就能探出大学运动圈里神出鬼没的头目的隐身之处。如今不能期待和当年风华正茂时期一样的能力，但也不至于落魄到这般地步。哪还有脸再见老人家呢。

突然觉得这世界既陌生又可怕。毫无特殊能力的人类恝然处之的世界，显得无比陌生和可怕。只顾盯着手

---

[1] 洪吉童（1443—1512），韩国历史人物，是朝鲜王朝的一个盗贼。最广为人知的形象出自小说《洪吉童传》，书中描绘的洪吉童是一个武艺高超、精通道术、聪明绝顶的传奇人物。（编注）

机穿过马路的女孩,步履蹒跚的老太婆,只顾盯着地面在电线杆下面绕弯的中年男子。无比平凡的人类。而自己和他们没什么两样,这实在太可怕了。等一下,电线杆下面有块灰影。金的假牙上面灰突突的污迹掠过脑际。安仰望电线杆的上方,电线上聚集着一群鸽子。灰暗的广场、鸽子屎、铺在地上的广告。安的脑海里浮现出记忆中的一个地方,他从长凳上站起身。

小剧场密布的街道依然如故。墙、电线杆、路面铺满了戏剧海报。安朝着鸽子聚集的广场走去。越临近广场,广场人行道地砖上灰突突的痕迹越发多起来。安越来越确信金就在附近。打篮球的孩子们,打羽毛球的大妈们,画肖像画的街头画家,弹吉他唱歌的街头歌手,还有很多鸽子。广场上一半是人,一半是鸽子。安穿过人群和鸽子群寻找金。

安走到广场的另一端时,发现一些老人围在长椅周围。长椅上有两名男子面对面坐着下象棋,其中一人很像金。从弓着背蜷缩的姿势就能看出来。安从夹克内兜里拿出老花镜戴上。果然是金。装象棋的筒里堆着皱巴巴的一千元面额纸币。

安研判了棋盘的形势。双方的战斗力不相上下,只是金的气势有如大军压境。金数次高喊"将军",对手则以一着亏本的兑子勉强化解。金调"马"再次将军。安摇了摇头。虽然有"车"在一旁护卫,但是可能会被对方的"象"吃掉。对方却出乎意料地把"王"移到了角落里。金似乎早有预料,毫不犹豫地出动了护卫"将军"的"炮"。移动"炮"逼迫敌阵的要害就能制胜。金获胜已成定局。他是怎么预料到对手不会兑子,选择让"将军"逃跑呢?安再次注视金的眼睛。怎么说呢?像是看透了一切的眼神。是的。这么一看,金的确像在审讯室干过的人。

对手把"车"推到了金的"主帅"面前。围观的老人们发出叹息。"象"部队在远处坚守,不能让"主帅"来防御"车"部队。为了进攻而临时转移过来的"炮"兵部队挡住了去路,"主帅"无路可逃。将死。把"主帅"挪到角落就是一个陷阱。对方拿着钞票站起来,围观的人也作鸟兽散了。金却无法从象棋盘上移开视线。安也一样发蒙。是对方有洞察内心的能力,还是计算错误?

安像自己输了似的，心里很不是滋味。

"久违了。"安坐到金的对面，说。

金这才抬起头。金满脸皱纹，都快认不出来了。细细的皱纹像丝线一样布满了整张脸，嘴唇四周尤其严重。像一块放置在火辣阳光下的泥团。

"安部长？"金瞪大了眼睛。安不了解金的能力，同样没有把自己的能力透露给对方。这是老人家的命令。

"先说这个。"安递给他装有假牙的塑料袋。

"这是什么？"金盯着塑料袋问道。

"烟铺的老爷子让我转交给你的。"

"哦！"金取出假牙套戴上。嘴唇周围的细纹消失了，看起来好多了。

"修鞋店呢？"

"这不最近大伙儿都爱穿运动鞋嘛。如今上班也穿运动鞋啊，这稀奇古怪的世界，嗯哼。"安把脚藏到长凳底下，干咳了一声。因为他的脚踝酸痛，不穿皮鞋改穿运动鞋已经第三个年头了。

"那么，找我有什么事……"

"老人家找上门来了。"

"老人家吗?"金的脸突然绷紧了。

"什么时候?"

"昨晚的梦里。"

"梦?"

看到金眼角一挑,安赶忙一五一十地描述了昨晚的梦。只是没说老人家赤身裸体的场景。说老人家赤身裸体当然很不恭敬。在倾听梦的时候,金直勾勾地盯着安。漆黑的小眼珠埋在皱巴巴的皮肤里,像珠子似的闪光。那是曾经借着电灯泡昏暗的光线打量皮鞋的眼神。安感觉自己似乎赤裸了,不,是成了皮鞋,空荡荡的皮鞋。

"突然出现在梦里。"金抱着胳膊喃喃自语,一副半信半疑的眼神。

"就像我找到金部长一样。"因为不能暴露自己的能力,安颇感郁闷。

"我的修鞋店里总是贴着话剧海报才——"

"就是不相信我吗?"安愤怒地质问道。

金暂时陷入沉思,然后"喀"的一声,往地上吐了口痰,把象棋子一个一个拾入棋筒。

"稍等一下。我先收拾一下铺子。"金从长椅上站起来说。

放在长椅上的报纸映入安的眼帘。包假牙的报纸。新闻照片是一个俯瞰公寓小区的男人背影。报道上说，因为高龄而被解雇的公寓保安在楼顶静坐示威。这些人，动不动就爬上去示威。安咂了咂嘴，把报纸装在皱巴巴的塑料袋里。周围没有垃圾桶，安把塑料袋塞进了夹克口袋。

金走进附近的一个小窝棚。窝棚上写着大大的"塔罗占卜"。

幸亏金知道张的去向。金带着安去了市中心。教堂还是老样子，矗立在山坡上的红砖建筑。以前动不动就坐在那里静坐示威。安觉得那个时候就像昨天发生的一样。为了保卫国家付出一切的年代。但现在……走在前面的金的驼背吸引着周围人的视线。安加快脚步追上金，和金并肩而行。不知不觉间夜幕降临了。

购物街上熙熙攘攘的，挤满了年轻人。抵达聚集了许多银行分店的三岔路口，金放慢了脚步。他走向一个手举纸牌的男人。他的身上密密麻麻地缠着各种各样的小灯泡。只有一半左右的小灯泡在闪亮，像打瞌睡的老人一样忽明忽暗。纸牌上写着：耶稣、天国、不信、地狱。

安以为金去问路，便站在一旁等候，却见金在招手示意他过来。安走到金的身旁。

"安部长？"

挂小灯泡的男子跟他打招呼。安戴上老花镜看这个男人。半白的头发垂到肩膀，遮住了大部分瘦削的脸，很难认出来。

"我是张啊。"

"张部长？"安将信将疑地问道。

"是啊。"

凸起的大眼珠不停地眨动，尖细的下巴，好像是张。

"啊，张部长，这都多久没见了？"

没能一下子认出他，安有些内疚，首先伸出了手，可是张只是呆呆地望着他。

"啊，你是——"安语焉不详地收回手。

"什么事？"张问金。金转头看了看安。

"老人家来找我了。"安压低声音说。

"老人家？"

张的脸忽然变得五颜六色。挂在他身上的小灯泡全都亮了,不过很快灭了一大半,剩下的一半又开始忽明忽暗。

安描述了昨晚的梦境。这次也没有提到赤身裸体的事。

"狗杂种们。"张哆哆嗦嗦地直摇头。

"绳套没有套在脖子上。"安像是在辩解。

"狗日的。"

"你知道是哪儿吗?"金插话道。

"那地方很偏僻,需要车……"张说道。

金没有吭声。

"我有招儿了!"

安豪迈地喊道。他一转身要领头出发的一瞬间,跟路过的女人肩膀相撞。女人两手拎着购物袋,用外语嘟嘟囔囔。

"讨厌的家伙!"

金和张同时嘟囔道。

越是深入严冬冰冷坚硬的黑暗,领路人张的声音就越发低沉。在人迹罕至漆黑的国道已经徘徊一个小时了。安调高了汽车暖风温度。坐在后排的金上车后一直缄默不语。安也无话可说。不管是金还是张,从一开始就不了解彼此的人生,没什么值得好奇的。他只是好奇对方的神秘能力而已。

"那儿!"张忽然喊道。

远处,荒凉的黑暗中隐约闪烁着一点小小的灯光。加油站。

"去那儿问问吧。"张说。

安把车停在加油机旁边。一个肥胖的中年职员慢吞吞地走出办公室。张拉下车窗,汽油味扑鼻而来。

"加多少?"

"油就算了,问一下路。"

张说出了地名,加油站职员磨叽了一会儿说,一直走到岔路口左转。

"好人有好报。"张道了谢,可是那人已经转身离去了。

车辆行驶十分钟左右,出现了岔路。

"向右。"金难得地开口了。

"说是左边。"安看着后视镜里的金。金把身体埋在椅子深处,盯着前方。

"右边。"金用很确信的语调说。

"胖子不是说左边吗?"张回头说。

"骗人的。"

"你咋知道的?"

安和张几乎同时问道。金扭头望向车窗外缄口不语。车内充满了尴尬的寂静。安盯着张看。张露出奇妙的微笑点了点头。果然和推测的一样。

"既然金部长这样说了。"张一副装聋作哑的口气。

"那儿,那儿,朝像乳房一样的山进发!"

汽车右转后大约二十分钟,张突然大叫起来。

安离开国道开往通向山里的斜坡。土路,而且到处残留着冰雪,汽车只能慢吞吞地爬行。朝四周张望,丝毫找不出人迹。越进入山里,夜色越浓,好像随时会有野兽冒出来。

"老人家在哪儿?"安问道。

"一直上到那个'乳沟'。"张回答道。

爬到两座山峰相连的地方，果然有一个集装箱。集装箱上立着巨大的十字架。

"快到了。"张颤抖着说。

安在集装箱前停下车。周围一片漆黑。安把前照灯调成远光后下了车，寒风迎面扑打在脸上。汪汪。黑暗中听到狗叫声。失去一条前腿的跛脚黄狗，摇着尾巴走过来，围着金转了几圈，开始舔金的皮鞋。

"这狗崽子！"

金厌恶地踢走了黄狗。黄狗呲着嘴哼哼着不肯走。金扔了块石头赶走黄狗，神经质地在杂草堆里蹭了蹭皮鞋。

"老人家！"张在集装箱门前高喊。里面没有回应。"老人家！"这次敲着门又叫了一声，还是没有回应。张一拉门把手，门就开了。张走入集装箱，安跟在后面。

集装箱似乎已经废弃很久了，每走几步脸上都会粘上蜘蛛网，脚下的灰尘也四下飞扬。透过窗户照进来的车灯光，勉强让视野明亮了些。里面墙上挂着十字架，下面贴着牌匾。牌匾上写着：上帝的国家绝对不会背叛你的忠诚。

"老人家!"张抚摩着牌匾叹息。牌匾上的灰尘簌簌落下。

安把手放在牌匾上,闭上眼睛。头脑里没有浮现任何东西。需要更有效的物件。布满灰尘的坐垫映入眼帘。安盘腿坐上坐垫,再次闭上眼睛。还是一无所获。

"现在怎么办?"张沮丧地问道。

"让我一个人待一会儿吧。"安说。

"都这个节骨眼了,还搞什么冥想?"张提高了嗓门。

金拉了下张的胳膊。

"等一下。"张甩开金的手,拿起地上的锅。

"怎么了?"安问道。

"不锈钢每千克能卖一千四百元呢。"张回答道。

安仔细查看翻找集装箱里的东西。撕破的日历就算了,丁烷气罐也算了,方便面袋也没用。橡胶手套?安捡起一只橡胶手套。在角落里发现一块皱巴巴的布团,是一只袜子,绣着雨伞的袜子。这是老人家喜欢的牌子。安戴上橡胶手套,穿上袜子,然后盘腿坐上坐垫。

安慢慢合上双眼。蔚蓝,一片蔚蓝。大海?看到了一团棉花糖。是云?啊,不是大海而是天空。很高,非常高。飞机？天堂？飞机的天堂？蓝天上挂着红桥。天空在红桥下流动。那不是天空，而是河流。沿江排列着灰色火柴盒。写着什么，像字。安眉间的沟更深了。字揉碎模糊了。灰色的火柴盒颓坍了。蓝蓝的揉碎，湛蓝的颓坍。安的脸色发青，喘不过气了。他大口地喘着粗气，好久才让呼吸恢复平稳。安跌跌撞撞地站起来走到外面。金和张正坐在车里。

"安部长，你的脸色……"张望着安说。

安调高了汽车暖风的温度。

"发现什么了吗？"金问。

"老人家在高处呢。"

"重新被国家召唤了吗？"张问道。

"不是，是在高空。"

"高空？"

"可以俯看到大海一样的江水……很高的地方。"

"像大海的江。"

"像火柴盒一样的灰色建筑密密麻麻的地方。"

"火柴盒？"

"火柴盒上写着字……"

"上面写了什么?"金插话问道。

安无力地摇了摇头。

"啊,老人家。"张发出一声叹息。

"你手上戴的什么?"金问。

安慌忙脱下橡胶手套塞进夹克口袋。沉默了一会儿。没人说话。咕噜咕噜。安的胃肠打破了沉寂。肚子饿了。吃晚饭时间已经过去好一会儿了。忘却的饥饿突然变得强烈起来。

"因为有胃溃疡……"安捂着肚子说。

"先吃饭吧。"金说。

"这个时间有开门的地方吗?"安问道。

"老人家危在旦夕,这会儿是饿的时候吗?"张呵斥道。

"都说有胃溃疡了。"安喃喃自语。

"先出发再说吧。这里找不到什么了,一无所获。"金说。

"以前明明在这里。他曾经指引我去一个不背叛忠诚的国家,上帝的国家。"张的声音有些凝噎。

"不走吗?"金催促道。

"好，那就出发吧。"

安踩下油门。虽然是下坡，安仍然没有放慢速度，因为肚子发出了咕噜咕噜声。胃肠的呐喊声被汽车哐当哐当声淹没了。只要肚子饱饱的，就能摸清老先生的行踪。一想到因为体力不支没有看清字，他就更加惋惜和愤恨。没读出来的字在眼前滴溜溜地打转。

"安部长！"张突然大喊。

安紧急刹车，听到车撞到什么东西的声音。张最先跳下车，安也慌忙地下了车。是黄狗，瘸子黄狗。黄狗伸长舌头倒在地上。张拨开了黄狗的眼睛。

"还活着吗？"

"还有呼吸……先装进后备厢。"张抱着黄狗站起来。

"后备厢？"

"没准儿是老人家养的呢。"

"附近有动物医院吗？"

"就算没有动物医院，也得找一家医院哪。"

"医院？对，应该去。"

张把黄狗放进后备厢。

安急急忙忙地上了车。

"开到那里看一下吧。"张指着加油站的灯光说。

"去那里干什么?"安问道。

"得问问医院在什么地方。"

"会老实说吗?"

"这次应该不会说谎了。"

安转动方向盘,朝马路对面的加油站开去。

"我一个人就行,你们在车里等吧。"

下车后,张飞扬着一头灰白长发,朝加油站办公室走去。挂在张身上的小灯泡一闪一闪。安也下了车,急着去厕所。加油站建筑物的一角有卫生间。该死的,锁着门。安急忙拉下裤子拉链对准建筑物的墙壁。

"据说要走三十分钟。"张从加油站办公室出来。

"不会又瞎说了吧?"安问道。

"胖子。"张回过头对加油站职员说。

"这次一定没、没错啊。"加油站职员满脸恐惧地回答。

他的表情很像经历过铺满雪白刺眼的白色瓷砖的"颈间"。如果被抓进那里,任何人都会觉得有掉脑袋的危险,所以叫"颈间"。老人家经常一边亲手刷洗着瓷砖一边说，"世上最可怕的事就是看到自己的血。看看那些小疙豆儿吧，就算生龙活虎地打架，一见到手背上有自己的鼻血马上就哭了。血会引发可怕的想象。瓷砖要擦得雪白雪亮，让血看起来更鲜红。要扣紧想象力的扳机啊"。张到底是怎么做到的？没有流血啊，也没有殴打的痕迹。如果单凭腕力的话，应该不是加油站职员的对手。张的能力令安感到好奇。

"给这位指路吧。"张望着加油站职员说。

"没用了，狗已经……没救了。"金说。

"上帝啊，父亲。"张画着十字叹息。

"问问有没有吃的。"金说。

"有什么吃的吗？我们还没吃晚饭。"张问道。

"有杯面。"

"问问有没有别的。"金皱着眉头说。

"没有别的吗？"

"现在只有这个。"

"问问会不会做菜。"

"您是说做饭吗？我当过炊事兵。"加油站职员抢在张提问前回答道。

"做菜?难道……"张眯起眼睛。

"你不会认为老人家是那种丢弃狗的人吧?"金用特有的穿透一切的眼神望着张说。

"不是这个味道啊。"张咂着嘴嘀咕。

"还不错嘛。"安呼呼吹着汤说。

金已经在啃狗大腿了。

"味道还行吧?我曾经是师团最优秀的炊事兵。"跪在张旁边写检讨书的加油站职员抬起头说。

"你小子是反动分子吗?"

"啥?"加油站职员瞪大眼睛问道。

"没有别的颜色吗?"

张望着检讨书大吼。加油站职员慌慌张张地翻找口袋,拿出了黑色圆珠笔。

"从头开始重新写,你个反动分子。"

张一挥舞汤勺,加油站职员赶紧把头埋进膝盖,吓得哆哆嗦嗦。

"这不是老人家亲手煮的那个味道。"张放下汤勺说。

"还敢跟他比……老人家的手艺简直就是艺术。"

安神情严肃地说。

"对啊,就是艺术。"张一脸感慨地附和。

"汤虽然是汤,但是浸透肉味的汤是极品。味道怎么样?"安问金。

金默默地啃了一块肉。

张拎起一个狗腿。安也拎起剩下的狗腿。要是老人家在这里的话,肯定会让给我们吃的。肯定是那样。老人家的不在,又一次令安感慨万分。

"主啊,从刀和狗的脚上拯救我们吧。"张开始祈祷。

安啃了一口大腿上的肉。虽然比不上老人家艺术般的手艺,也还凑合。安啃了块肉,嘴巴忙碌起来。还没嚼完就吞下去,再咬一口。狗腿瞬间只剩骨头了。安想把狗骨头扔到铺在地上的报纸上,动作忽然间停住了。报纸上的照片很眼熟。安又扫了眼照片,突然一阵眩晕。眼前一片蓝色。蔚蓝的天空,蔚蓝天空下更蓝的江水。这边是一堆灰火柴盒。安部长,你怎么了?是张的声音。嘘!安静。是金的声音。灰色的火柴盒重现。火柴盒上写的字。上次没读出来的字。用橡皮手套、袜子和坐垫也没看清楚的字。金。金?还有一个字。字在视网膜上滑动、摇晃。安把力量灌注到眼珠上。眼珠疼起来。马。金马。数字也跟着显现了：108。安一下子睁开眼睛。

"我知道老人家在哪里了。"

"在哪儿？"张大喊。

安用下巴指了指加油站职员。在蒙冤入狱之前，老人家东躲西藏了十一年。现在还有很多人盯着老人家不放呢。安对着张的耳朵窃窃私语。

"老人家，我现在就去找您。"张扔下啃着的狗腿，猛地站了起来。

快要驶出国道的时候，汽车突然熄火了。油箱里还有汽油。安拧钥匙想要启动引擎，汽车毫无反应。再拧一下钥匙，仍然没反应。

"怎么了？"张问。

"电池没电了吗？"安喃喃自语。

"这紧要关头。"张用拳头敲打着仪表台喊道。

"向保险公司申请应急服务。"金说。

安的脸变得苍白。如果通知保险公司，消息就会传到校长的耳朵里。如果发现他偷开驾校的车出来，那就玩完了。如果是电池问题，只需要向过路车辆求助即可。

安恳切地希望只是电池放电问题。

"电池在哪里?"张打开扶手储物盒问。

"外面。"

"哪儿?"张走下车问。

安怯生生地下了车,打开引擎盖,指了指电池。

"安部长,你先进去吧。"

"你想干啥?"

"这里就交给我吧。快点儿。"

"哦,知道了。"

心里想着或许能行,安又启动了发动机,还是没反应。张也一样没有反应。偶尔传来吭哧吭哧的声音。安很想下车一探究竟,想得屁股都痒了。这是能亲眼确认张能力的绝好机会。从前有一次,张一进审讯室,整个工厂就停电了。不跟他握手也是这个原因?

安打开车门。金一把抓住安的肩膀。看到安转过头,金果断地摇了摇头。难道是因为黑暗和寒冷吗?金看起来格外苍老,特别疲惫。安重新坐回车里。他还想知道一件事,他好奇张是不是也和以前不一样了,能力退化了。

安再次发动引擎。没有反应。不过他没有放弃，一边诅咒那个连换轮胎都心疼得发抖的吝啬鬼校长，一边粗暴地拧钥匙。钥匙越拧越窝火。拧的是钥匙，却感觉像在拧自己一样快发疯了。该死的车钥匙、该死的道路行驶练习车、该死的世界似乎都在蔑视自己，从心底传来一阵焦躁的声音：我在拼死保卫国家的时候，你们这些还未出生的小玩意儿，叫我漱口？嫌我口臭？

轰隆隆，汽车令人难以置信地启动了。

"哎哟——"

引擎盖的另一侧传来呻吟声。安回头扫了一眼金。金点了点头。安立即跳下车朝张跑去。张正大汗淋漓地瘫坐在车前。

"张部长，你没事吧？"

"一点儿没事。"

张甩开安的手想自己站起来，却瘫软得又坐了下来。安把张搀扶上车。

安觉得张的能力很灵。本想道声"辛苦了"，不过还是忍住了。似乎应该保持沉默。不，必须沉默。这时候了不能破坏规则。安像什么事都没发生一样，泰然自若地开车。金又把身体深深地埋入座椅,眺望窗外。张也默默地用袖子擦拭脸上的汗水。从鼻翼垂下来的八字纹似乎变得更深更长了。没有人开口说话,只能听到热风勉强吐出不冷不热的空气声。

快进城的时候,安为了赶走困意,从口袋里拿出一块口香糖。

"帮我剥开……"

安扫了一眼身边的人,闭上了嘴。此时张把头靠在车窗上打瞌睡。安扫了眼后视镜,金也抱着胳膊在打瞌睡。安把车停在路边,剥去外包装,把口香糖放进嘴里,然后重新上路。虽然感觉薄荷香似乎驱散了头脑中的雾气,但也只是暂时的。没了甜味,困意再次袭来。安每次都会停下车,把新的口香糖放进嘴里嚼。老眼昏花,肩膀也酸痛。虽然很想小睡一会儿,但是老人家的脸和绳套老是在眼前晃动。只求老人家平安无事,安使劲踩下油门。

就快抵达金马公寓小区的时候,汽车又熄火了。来回拧了几次钥匙也没反应。幸亏车停在车行道边缘线,而且路上车很少。

"张部长。"安摇晃着张的肩膀。

"咋了?"金问道。

"车又熄火了。"

"张部长。"

安继续摇晃张的肩膀。

"呃嗯……"张呻吟着睁开眼睛,眼窝深陷。

"你的嘴角……"

张用手背擦掉口水。他的手在颤抖。如果让他再用一次能力,似乎太勉强了。

"电池又不行了吗?"张问道。

"没有。发动机坏了。旧货嘛,能走到这里已经是奇迹了。"安边斜视着后视镜边说。他说谎了。如果他说电池出问题了,张肯定要重新打开引擎盖。安不想看到张逗能的样子。实际上他是害怕张逗了能也没有效果。

"还远吗?"金问道。

"小区门口就在前面。"安回答道。

"下车推着走就行了。"金走下车。

"张部长，你抓住方向盘。我出去。"安说。

"净说废话。"张摇了摇手。

"真的能行吗？"

"告诉你没事，还问！"张铆足劲儿喊道。

金和张在后面一推，车就慢慢移动了。可是没过多久又停下来了。

"一——，二——"

这是张憋气发力的声音。这次车也只是稍微往前移动了一点儿。

"安部长，下车吧。"这是金的声音。

安下车一起推。

浑身都被汗水浸透后，他们才把车推入公寓小区。身上的汗蒸发了，开始打寒战了。从江边吹来的风像荆条一样尖利。四周所有人家都一片漆黑。估计大家都在坚硬的墙壁下，躺在热乎乎的地板上睡着了。

"在哪儿？"张冻得牙齿咯咯直响。

"105栋，106栋……那边。"安指着108栋说。

金蜷缩着肩膀走在前面。这段时间以来，背好像更驼了。张也加快了脚步。挂在张身上的小灯泡无精打采地摇晃起来。

"在哪儿？老人家在哪儿？"张环顾四周说。

"高处，高处。"安喃喃自语。

"哦！"金说。

安望向金眺望的方向。远处黑暗的天空下，隐约立着巨大的灰白烟囱。

"有人爬上去了。"金指着烟囱腰部的栏杆说。

果然，有个人影蜷缩在铁栏杆里面。在这么高的地方想干什么？仔细一看，从镶嵌在烟囱的一排排支架两侧，垂下两条铺开的幕布。

"老人家！"张呼喊着朝烟囱跑去。金也跑起来。安也奔跑起来。张和金像短跑比赛一样飞奔，争先恐后地展开了角逐。安怕落后，使足劲儿飞奔，还是落在了后面。

安扶着大腿大口地喘着粗气。为了吐掉口香糖，他开始翻夹克衫口袋。安拿出了装在塑料袋里的报纸。包过金的假牙套的报纸。安把皱巴巴的报纸铺开，眼睛瞬间瞪大了。

像火柴盒一样排列的灰色建筑。照片里的风景很眼熟。灰色建筑物上的字迹依稀可见。安取出老花镜架到鼻梁上。金马。下面的数字是 108。

安下意识地咽了口唾沫。口香糖落入喉咙里，感到一阵清晰的刺痛。啊，老人家。安眺望烟囱方向。张已经开始爬烟囱了。挂在张身上的小灯泡也争先恐后地亮了。竖幅标语上的字从黑暗里接二连三地显露出来。

单方面解雇就是杀人

我们现在还能干活儿

老

빅브라더

大哥

我七岁的时候,哥哥第一次飞上了天。

有一天,一家马戏团来到旧砖厂大院的空地上。

"真大啊!"

哥哥用牙缝滋出一道唾沫说。

每当他跟我单独在一起的时候,就会像学校后墙周围敲诈孩子们的坏哥哥一般讲话。这时我就非常羡慕哥哥。别说那种流氓般的语气,就连用牙缝滋口水我都模仿不来。

刚从学校回来的哥哥一扔下书包就开始疯狂讨论马戏团的事。

听说狮子们排着队穿过圆环。

侏儒在绳子上骑独轮车。

如娃娃一般漂亮的双胞胎姐妹像鸟一样纵身跃到对面的秋千上。

每次讨论的细节都不同。狮子们排队穿过火环,侏儒蒙着眼睛骑独轮车,如娃娃一般漂亮的双胞胎姐妹翻着跟头跃到对面的秋千上。他就像亲眼看到人体炮弹的绝技一般,说话时眼睛都不眨一下。

"巨大的大炮啊,大到能装下一个大人。"

"大人?"

哥哥喜欢我这样反问。就好像大炮是他造的一样,他满脸自豪地点了点头。

人体炮弹钻进炮管的话,不知从何处传来一阵鼓声。咚咚咚……主持人身穿挂满闪闪发光的珠子衣服,从十开始倒数,鼓点也越来越快。咚咚咚咚咚……等数到一时,随着砰的一声,人体炮弹就会高高地飞出去。

哥哥在描述人体炮弹飞翔着划出世上最美丽的抛物线的表情,令人难忘。他的表情就像咬了一口甜得让人头皮发麻的巧克力。

马戏团的门票并不便宜。我和哥哥身无分文。在父亲的字典里就没有零花钱这个词。不,应该是在父亲的

《圣经》里没有"零花钱"这个词。

"听过大卫给所罗门零花钱吗?"父亲的原话。

"大卫不是给所罗门一个王国吗?"哥哥顶嘴。

哥哥是家里唯一敢与父亲顶嘴的人。父亲说什么话,连爷爷也只能服从,村里的人也很敬畏开口闭口谈"大审判"一类可怕的字眼的父亲。

有一次父亲说:

"人们敬畏我是因为他们犯下的罪。"

那按照他的意思,哥哥之所以不敬畏父亲是因为他没有犯罪,而我敬畏父亲是因为我也犯了罪。

父亲还说了这样的话:

"有人相信存在可饶恕和不可饶恕的罪,这些人真让人头疼啊。连救赎都想讨价还价,但是天堂没有算盘也没有秤。正如救赎无轻重一样,罪恶也无轻重。就像没有渺小的救赎和伟大的救赎之分一样,没有微不足道的罪恶,也没有不可饶恕的罪恶。正如所有的救赎都是救赎一样公平,所有的罪恶也会公平地都是罪恶。"

按照父亲的说法,敬畏父亲是我有罪的证据,无论那是什么罪,我都无法去天堂了。所以说,我不能去天堂纯粹是因为我敬畏父亲。

不管怎么说,和父亲顶嘴时哥哥就像大人一样。我虽然也想跟哥哥一样,但是我连直视父亲的胆量都没有,顶嘴就像用牙缝滋口水一样难。

父亲不允许任何人和他顶嘴,对哥哥却是例外。他甚至还面露微笑。父亲还对哥哥说:

"儿子,我死后,教会就归你了。"

哥哥的脸立即变成土色,我的脸变成了铅灰色。啊!父亲的王国原来要由哥哥继承啊!圣歌台、复活节鸡蛋、圣诞树、捐款箱,所有的一切都是哥哥的。的确,哥哥好像一直被我无法拥有的东西塑造着。贵气的鬈发、炯炯有神的眼睛、熟苹果般的脸颊、滔滔不绝的口才。路过的长辈们常常抚摩着哥哥的头,问他爸爸是做什么的,哥哥毫不犹豫地回答:"木匠。"每次都这样。问他为什么说谎,他这样回答:

"耶稣不也是木匠嘛。"

谎话从哥哥嘴里说出来都很美。提问也不同寻常。

"如果天主仿照自己的样子塑造了人类,为什么人类不能在天上飞呢?"哥哥问父亲。

"只是模仿了长相，就像18K黄金一样。西方有这样一句谚语：'闪光的东西未必都是金子。'还有，不是天主，是上帝。"

"国歌里面也说是天主，您为什么总说成上帝呢？"

"因为是唯一，所以称为上帝。"父亲露着黄灿灿的金牙回答。

"父亲在这宇宙中也是唯一，那么您也是上帝吗？"

"儿子，亵渎神圣是会受到惩罚的。去把《利未记》抄两遍。"

不知为什么，父亲只让抄写《利未记》。哥哥把两支铅笔用透明胶带绑在一起，一下子就解决了。

遗憾的是，对于父亲来说，马戏也是亵渎神圣。甚至在主日早上的礼拜说教时，把马戏团诬陷成撒旦之徒。

撒旦的追随者创办了马戏团，用可恶的障眼法和粗俗的看点迷惑那些小羔羊。区区几个撒旦的小丑，正在用各种黑魔法让整个村庄堕落下去。

父亲焦急地祈祷着，表情如同背负了世间所有痛苦。露着肚脐卖笑的姑娘，伴着笛声羞耻地扭着身子的蛇，像地狱魔王一样喷火的异教徒，如何如何。越听父亲的说教，越无法压抑我想看马戏的冲动。父亲引用《约翰启示录》中的话结束了说教。

"胆怯的、不信的、可憎的、杀人的、淫乱的、行邪术的、拜偶像的和一切说谎的，他们的归属就在烧着硫黄的火湖里。"

我吓了一跳，但是哥哥连眼睛都没眨一下。哥哥打开从口袋里掏出的袖珍版国语字典，另一只手握着红笔。我一定可以看到马戏。因为只要哥哥愿意，什么都可以变成现实。我好奇这一次哥哥会如何扫除障碍。因为哥哥和我连能卖的玩具都没有。要说玩具，顶多就是父亲用木头削的马或者汽车。我们也不是没有让周围小孩子眼馋的东西。乒乓球台也是父亲的手艺，一点儿不亚于乒乓球场上锦标赛用的球台。就像哥哥谎话说的那样，父亲不是牧师而是差点儿成了木匠。虽然想看马戏的心情很是急切，但又不能卖掉乒乓球台。

马戏团最后的公演是在主日。礼拜一结束，人们就开始往外走。哥哥从袖子里抽出铁丝，吐出口香糖粘在末端。原来父亲说教时他一直在嚼口香糖！哥哥把粘了口香糖的铁丝塞入现金捐款箱上面的投币孔,我负责望风。父亲和母亲并排站着和信徒们一一打招呼。我的心脏怦怦直跳。我希望父亲突然袭击,走过来,这样哥哥的罪行就会暴露在光天化日之下,这种期待如同想看马戏的冲动一样强烈。即使在观赏马戏的时候,我也一直很揪心。不是因为担心骑着独轮车的侏儒从绳子上摔下来,也不是担心如洋娃娃一般漂亮的双胞胎姐妹在空中的秋千上踩空。我提心吊胆地害怕观众席上有信徒。主持人说为了纪念最后一场演出,将在观众席中招募一位人体炮弹。哥哥突然举起手,我惊得差点背过气去。不论是哥哥进入大炮的时候,还是当他随着巨大的轰鸣声飞出来的时候,又或是他牵着主持人的手高喊万岁的时候,我的脑袋里只有一个想法——赶快回家。我讨厌哥哥。我讨厌的不是犯罪的哥哥,也不是把弟弟拖入罪恶深渊的哥哥。我胆战心惊地厌恶那个即使犯了罪也能泰然自若地飞上天的哥哥。哥哥喋喋不休地描述飞天的感觉多么美妙。我哭丧着脸喊道:"信徒们看到了怎么办?"

哥哥微笑着说:"不用害怕,他们不会告诉父亲的。

因为那等于承认自己来过这里。"

我感到一阵轻松，像是获得了救赎。

那时哥哥十岁。

哥哥第二次飞上天，是我十岁的时候。

哥哥第一次飞天的经历，在孩子们中间传成了神话。说他冲破帐篷直冲蓝天，说他飞入云层消失了又出现。小孩子们试图跟我求证传闻的真伪。冲破帐篷飞天是真的吗？消失在云层是骗人的吧？如果照实说，可能被人误会是在贬低哥哥；如果承认，又会增加哥哥的人气。这也不行那也不行，干脆闭口不说了。可小孩子们很容易把我的沉默误以为是在卖关子。如果被孩子们的纠缠逼急了，我会狠狠地甩出话让他们直接去问哥哥。这些撇着嘴说"喊"的小家伙中会直接去问哥哥的人一个都没有。

就像大人们畏惧父亲一般，孩子们也不敢随便对待哥哥。不仅同龄人，就连年龄稍大的孩子也是如此。不是因为他们犯了罪，而是因为哥哥的块头儿。哥哥小学四年级时就差不多跟中学生一般壮实了。爷爷说哥哥小时候病恹恹的，两岁就开始喂他鹿茸。我简直不敢相信。爷爷称哥哥为"七星将军"，说是母亲在怀哥哥的时候，梦见了北斗七星向裙摆倾落。

"那我呢？"我问妈妈。

"你？都不知道啥时候进的肚子。"

世上确实存在没有胎梦就出生的人。那就是我。翻看亚伯拉罕的妻子撒拉在怀以撒的时候有没有做胎梦的人也是我。

"星星少说有七颗！"爷爷摊开手指一边展示一边说。

"1·4后退"[1]时，爷爷只身登上离开兴南码头的登陆舰，想把哥哥送进空军士官学校。如果战争爆发，最安全的地方就是军队，其中空军最安全。

当年爷爷也想把父亲送去空军士官学校，但没成功。因为父亲的视力拖了后腿，无奈只好送进了神学院，培养成了牧师。因为他相信，只有跟"美国鬼子"走得近，才能在战争期间保命。在所有民间的职业里，没有比牧师更容易获得"美国鬼子"好感的职业了。爷爷赤

---

[1] 指1951年1月4日，美韩军队撤退至首尔以南。

手空拳从北边来到南边打拼,开旧货店积累了一些财富,为了培养将来的牧师,他甚至在首尔郊区买下一座新开的教会。

为儿子物色教会时,爷爷找了一位据说很灵验的算命先生。算命先生赠了一个汉字成语:桑田碧海。爷爷买下了桑树林边上的新教会。当时做梦都不会想到,桑树林后来会变成一片公寓的海洋。

当时算命先生送的汉字成语被裱在相框里,挂在客厅的墙壁上。爷爷每次望着相框的时候都会喃喃自语:"真不清楚世界会变成什么样子。"可能是出于这个原因,爷爷在厚厚的笔记本上详细地记录了信徒们的身份信息,就像给无法预知的世界画手相一样。

爷爷给我买了一支万宝龙钢笔作为上小学的礼物,然后说:

"这支钢笔会给你带来珍贵的朋友。有钢笔的孩子才会识别出另一个有钢笔的孩子。钢笔会唤来钢笔。你要铭记,远离羡慕你的孩子,走近你羡慕的孩子。"

按照爷爷的话,我永远也交不到朋友。因为我羡慕的孩子只有哥哥。

爷爷一喝醉酒就让我和哥哥并排坐在一起，然后说：

"你们知道为什么让富人升天堂，比让骆驼穿过针眼儿还难吗？因为在天堂没有朋友。他们的朋友都在地狱。如果天堂里到处都是乞丐、流浪汉的话，我宁愿下地狱。"

可是一到主日的早晨，爷爷反而最先爬起来准备去教会。爷爷最喜欢的《圣经》语句是："我耶和华——你们的神，是忌邪的神。恨我的，我必追讨他的罪，自父及子，直至三代。爱我、守我诫命的，我必向他们发慈爱，直到千代。"

"是不是又敞亮又痛快哦？"

爷爷平时说着一口完美的首尔腔，但是这时候他会不自觉地流露出方言腔，还会让我和哥哥唱《故乡的春天》。

爷爷始终因为没能把父亲送入空军士官学校而感到遗憾，于是在客厅的一面墙壁上贴了视力测试表，随时检测哥哥的视力。我在哥哥身边看到爷爷手指的数字，经常在心里跟着嘀咕。我和哥哥一样，两眼视力都是1.5，至少戴眼镜的时候是这个数。

爷爷叫我"老幺"。知道"七星将军"是帅气外号的人，不可能不知道"老幺"连外号都算不上。我是家里最小的孩子，在教会里是牧师的二儿子。而在村里小孩子们中，我是飞天孩子的弟弟。

村里的小孩子一见到我，就会用吊儿郎当的语气挑衅："嘿，牧师儿子，上帝还好吗？"

当然，这些人是不会出现在教会里的。

我因为小孩子们的戏弄而伤心时，爷爷对我说：

"不要在意连信仰是什么都不知道的小孩子。不就是那些打赌上帝和佛祖打架谁能赢的孩子吗？可怜他们吧，这些灵魂在虚妄的赌注上抵押性命，用这份愚蠢至死服从比自己强大的人。"爷爷还这样教导我："世界上的正义跟人类的数量一样多，所以强者的正义成为法律，弱者的正义成为食物。因为弱者用自己的正义换取食物。"

我内向怯懦，连站在别人面前都感觉害怕，因为哥哥我参加了班长选举。那时我上小学三年级。我想证明哥哥能做到的事我也能做到，但事与愿违。选为班长的孩子是中餐馆老板的儿子。只有我不知道他免费请全班同学吃炸酱面的事。爷爷讲的话大体上说中了。对于用一碗炸酱面交换自己正义的孩子们来说，人间的天堂不是教会，而是中餐馆。那是中餐馆比教会还多的年代。现在教会的数量是中餐馆的两倍。桑田碧海，不知道世界会变成什么样子。如果是哥哥，就不会输给中餐馆的儿子。因为哥哥是飞上天的孩子。连那些用牙缝滋口水的孩子都喜欢哥哥。因为中餐馆老板的孩子虽然跟中餐馆的数量一样多，但是飞天的孩子就只有哥哥。

我也有外号。用牙缝滋口水的孩子们嘲笑我是"信基督的呆子"。而我遵从爷爷的教诲，没搭理他们。这些可怜的灵魂，贫穷且痛苦，却因为没有信仰而无法到达天堂。我只跟那些学习好、父亲有体面的工作，而且去教会的孩子一起玩儿。虽然我不是故意这样做的，可是结局总是如此。哥哥却不一样。他跟那些不写日记常写检讨书的孩子更合得来。比如：整天嚷嚷着与其老实坐在教室里，还不如爬到学校围墙上走路更好的孩子们；小腿和手掌上常年带着荆条抽打过痕迹的孩子们；班主任要和家长面谈时借口父母忙于生计，让奶奶或者姨妈来学校的孩子们，以及那些粗俗莽撞又任性的孩子。当然，那些常去教会、父亲的工作体面而且学习又好的孩子，也是哥哥的朋友。哥哥和所有人都能相处得很好。因为任何人都想跟飞天的孩子亲近。

哥哥第二次飞天是因为村里的小屁孩儿。那些打赌谁的尿能滋得更远的孩子。爷爷不是说过吗，有些可怜的灵魂，在虚妄的赌注上抵押性命，用这份愚蠢至死服从比自己强大的人。那些孩子也会把性命押在荒谬的赌注上。在两层楼高的台子上，披上红布或者戴上蜘蛛侠的面具。

"蜘蛛侠更厉害。"

"胡说，超人更厉害。"

"超人不是飞上天了嘛。那位哥哥就是因为飞上天才当队长的。"

"你看见了吗？你亲眼看到那个哥哥飞上天了吗？"

披着红布的孩子变成吃了黄连的哑巴。四周一片嘲笑声。小孩子的鼻尖通红，快要哭了。

"是真的吧？"

矛头莫名其妙地指向哥哥。空气中弥漫着紧张气息。薄冰般的沉默之下暗涌着兴奋的骚动。这是第一次有人当面质疑哥哥。因为哥哥曾经是传说。传说只能通过别人的嘴说出来。受到质疑的人,不可能戴上"冕旒冠"。

传说被拉到了现实,哥哥的脸如同石头一样僵硬。他的荣耀被逼到了高台的尽头。孩子们的眼睛闪闪发光,这是一种集体煽动出的匿名的残忍,是用以掩饰恐惧的残忍。

哥哥的目光投向高台下。天哪!哥哥真的打算跳下去。假如我站出来证明我亲眼看到他飞天的话,孩子们会罢休吗?他们满怀期待地注视着哥哥,渴望一个可以挽救自己的愚蠢和罪恶的人。孩子们想要奇迹,哥哥需要奇迹。我无法阻止哥哥,或者是不想阻止他。不,从一开始,"信基督的呆子"就没有劝阻飞天孩子的能力。

我把手里的雨伞递过去。

"傻瓜,真丢人。"

哥哥狠狠地白了我一眼,孩子们顿时爆发出哄笑。我感觉脸上火辣辣的。我的心情就像是在惊险的特技来临之前,为了缓解紧张感而登场的小丑一般。哥哥选择了红布而不是雨伞。他果然是天才。

哥哥双脚并拢在高台边上，张开双臂。虔诚的沉默如同一块巨大的毯子从天而降，蒙住孩子们的头。那一瞬间我陷入了哥哥也许真能飞天的妄想。是因为四周突然出现肃然起敬的气氛，还是因为哥哥出人意料的淡然态度？或者是因为哥哥背上披着红布吗？不管怎么说，如果是哥哥的话，应该可以做到。如果是哥哥的话。

哥哥张开双臂，上身向前倾斜。刚刚还以为红布在飘扬，哥哥就从眼前消失了。大家都拥到高台边。哥哥连尖叫都没喊出来。"奇迹"的反义词是"万有引力"。哥哥不得不在头上缝针。七针。照亮夜空的北斗七星化作伤疤落在了他的头皮上。

哥哥第三次飞天的时候，我是神学院的大学生。我和父亲一样，由于视力不好，连想都不敢想空军士官学校。虽然感觉很对不起爷爷，但从一开始我就对飞行员不感兴趣。我上神学院是为了继承父亲的教会，就是父亲像口头禅一般说给哥哥听的那个教会——"我死了，教会就归你了。"也不知道从什么时候开始，再也没见父亲提起那句话了。从哥哥的成绩单飞来的那天，家里的空气就如石头一般沉重。小学时，哥哥的成绩还勉强维持在中等水平，升入初中后，哥哥的成绩跌到了谷底。无论是父亲的清晨祈祷，还是母亲安排的秘密课外辅导，又或是爷爷配来的中药，都没能给哥哥不断跌落的成绩插上翅膀。

哥哥无时无刻不在打瞌睡。不仅在书桌前、在礼拜时、在看电视时，在洗手间也打瞌睡。只有坐在饭桌前时最清醒。爷爷自责说，在哥哥还太小的时候就给他喂了鹿茸。而父亲怀疑是不是哥哥的灵魂被魔鬼附体了。母亲抚胸哀叹，都是因为小时候没有喂哥哥母乳。可是我有不同的见解，根据在科学课上学习到的自由落体定律，虽然物体下落速度与重量无关，可是如果有空气阻力的介入，则另当别论。同样大小的皮球和铁球下落速度是相同的。但是重量相同的纸，完好的纸和褶皱的纸团，下落速度就不一样。纸团肯定落得更快，因为它受到的空气阻力小。哥哥不应该拒绝我递过去的雨伞。那样至少能少缝两三针，就不会无时无刻不打瞌睡了。当然，这件事只有我知道。如果大家知道了内情，就会埋怨我。

后来哥哥中考也落榜了，上了职业高中，家里的期待就全部落在我的身上。父亲不再为哥哥祈祷，母亲也不再提及母乳的话题。父亲和母亲甚至在主日早晨的礼拜时不再带上哥哥。只有爷爷放不下对哥哥的期待。父亲和母亲有两个儿子，可是对爷爷来说，"七星将军"只有一个。每当爷爷喝得酩酊大醉时，就会让哥哥站好，指着视力检测表。有一次，哥哥展现出他当年的敏锐视力，让爷爷大吃一惊。爷爷进屋后，哥哥就咧嘴笑着说：

"爷爷每次喝醉了都指同一个地方。"

这种时候，就好像昔日的哥哥重新归来了。然后他一下子煮了三袋炸酱拉面吃光了。我好像明白了母亲为什么不做我的胎梦。就像继承哥哥的衣服一样，我注定要继承哥哥的胎梦。

就这样哥哥成了可有可无的存在。他上了职业高中后，除了吃以外，对别的东西根本提不起兴趣。贪食变得越来越严重。吃了又吃。没有嚼东西的时候，不是在拉屎就是在睡觉。哥哥似乎是想用块头儿挽回日渐稀薄的存在感一样，蛮横地吃东西。可是块头儿越大，存在感就越稀薄。

在哥哥读高二时，我在睡梦中被沙沙声吵醒，还是半夜时分。眼睛刚适应黑暗，就看到一团黑乎乎的东西在蠕动。是哥哥。他紧紧地抱着背包，啃着为郊游准备的饼干。大半夜的都忍不住吃。飞天的孩子成了无计可施的胖小子。

我带着哥哥去约会是因为女朋友的纠缠。每次和女朋友有点进度后，她总想见见我身边的人。第一次接吻后，她说想见我最好的朋友；第一次做爱后，她说想见哥哥。见朋友倒是不难，但是见哥哥却很难。我找了这样那样的借口，女朋友的态度开始冷淡了。一副见不到我哥哥就要分手的架势。我不想失去女朋友。于是提前给她打预防针，说哥哥有些与众不同。虽然她说没关系，还说相爱的人之间不能有隐瞒的事。但是我心里仍然有些七上八下，早晚要面对的事，晚挨打不如早挨打——只能这样偷偷地安慰自己。

哥哥爽快地答应了我的请求。出乎意料。他似乎不再是那个跟人打交道很累，高中就退学蜗居在家的哥哥了。在去约会地点的时候，我一直提醒他各种注意事项。

"不能吃太多。不能吧唧嘴。在吃饭的时候不能盯着我的女朋友看。也不能突然大喊大叫。只能回答问题，而且尽量简短。不能大声回答。要表现得像一位绅士，彬彬有礼。再说一遍，不能吃太多。"

哥哥不时停下脚步，呆呆地望着某处，对我的话似听非听。哥哥在看什么，会好奇什么，我同样不关心。我千方百计只想顺利结束这场尴尬的约会。我像管束离群的牛一样，把哥哥赶到了约会地点。

和女朋友相对而坐时，哥哥意外地表现良好。对平时痴迷的炸鸡居然也视而不见，屏住呼吸喝可乐，对于女朋友的提问，他也用温柔的声音简短地回答。

"您喜欢的食物是什么？"

"蹄子分两瓣，反刍的走兽。"

"哈哈哈。"女朋友笑出声来。不是出于礼貌，她是真心地高兴。

"最好的朋友是谁呢？"

"窈窕。"

"'窈窕'是谁？"

"哥哥这么叫他的电脑。"我插进来解释。

"真可爱。不过'窈窕'是什么意思呢?"女朋友面露微笑。

"买电脑的时候要多挑挑拣拣,要挑个好的。"哥哥回答说。

"天啊……"女朋友一脸饶有兴趣的样子。她在我面前从未露出过这样的神色。

"弟弟,他小时候怎么样?"

话题终于转移到我身上了。我半是期待半是忧虑地等哥哥回答。

"整天跟在我屁股后。"哥哥抽动着鼻子说。

是时候结束这不愉快的过渡仪式了。

"要不我们走吧?"我对女朋友说。

"你的爱好是什么呢?"女朋友不理睬我,又问哥哥。

"飞天。"

"真的吗?"

女朋友的眼睛闪闪发光,哥哥也昂首挺胸地点了点头。

"我的愿望是蹦极呢。"女友双手合十地说。

"我也想。"哥哥咧嘴笑着说。

女朋友和哥哥就像在相亲会上看对眼的情侣一样合拍。

"起来吧。"我提高了嗓门。

"这么快?"女朋友一脸惊讶。

"我哥哥累了。虽然块头儿跟大象差不多,跟别人说会儿话就会筋疲力尽、压力巨大。因为心软,连对方的话都打断不了。"

"我没事。"我的话音刚落,哥哥就摆手喊道。

"上次让邪教信徒缠上,两个多小时一动不敢动,不是听人家全部讲完最后尿裤子了吗?"

在我盛怒之下,哥哥红着脸不再说话。

短暂的沉默过后,他犹豫不决地从座位上站起来。

"现在走吧。"一上街,我就在哥哥耳边低声嘀咕。

哥哥只是闷闷不乐地看着地面。

"不是说好了吗,要像个绅士一样。"我又在他耳边低声嘀咕。

哥哥毫无反应。

我用求助的眼神望向女朋友,她却辜负了我的期望。

"一起去蹦极吗?"女朋友挽着哥哥的手臂,爽朗地说。

哥哥喜出望外,使劲儿点头,下巴上的肉直颤。

一上蹦极台,哥哥红着脸,鼻孔不停地翕动。兴奋的神情历历在目。

"谁要先跳?"安全人员用职业性的语气面无表情地问。

我看向女朋友。女朋友显得犹豫不决。哥哥站了出来。

"按照规定,体重超过一百公斤是不能蹦极的。"

哥哥的脸一下子红了。

"要遵守规定,没有办法。"安全人员仍然是一副职业性的语气。

"我不。"哥哥喊道。

安全人员重复了相关规定,但是哥哥像一匹脱缰的野马一样跳着大喊:

"我不!我不!我不!我就不!"

跳台摇摇欲坠。我瘫坐在地上,抓住栏杆。

"哥,别这样。"我的声音被尖锐刺耳的风声淹没。

"好吧，好吧，妈的。"安全人员挥着胳膊喊道。

哥哥脚踝绑着绳子站在跳台边上，还把头转过来，露出得意扬扬的表情。居然还挤眉弄眼。哥哥张开双臂跃入空中。我没能看到哥哥在天上飞的样子。我一直抓住栏杆瘫坐在地上。

当安全人员问下一个谁跳时，女朋友挺身而出。哥哥在下面做了个手势，让她快点跳。

"能行吗？"我问她。但是女朋友连头都没回。

我慢吞吞地爬下跳台。自那天之后，女朋友再也没接过我的电话。我找到她家门口时，她却一脸冷淡地说："我们到此为止吧。"

她是我的第一个女人。我有时想起她就会自问，如果当时我从跳台上跳下来，是不是就不会被甩了？如果我像哥哥那样跳下去呢？买电脑的时候要挑挑拣拣？说真的，谁也拦不住哥哥要贫嘴。女朋友说想见哥哥的时候我不情愿，可能另有原因吧。我不是不想让女朋友见到哥哥，而是不想让哥哥见到女朋友，那个既能飞天又幽默感十足的哥哥。

哥哥第四次飞天是在父亲下葬那天。父亲死于肺癌。距离他被诊断出患癌仅过了十天。他书桌的抽屉里装满了牛黄清心丸。他为了准备主日早上的说教，总是窝在书房里。他肯定有舞台恐惧症。我把他的牛黄清心丸一颗不落地收好了。

我也有舞台恐惧症，准确地说是恐高症。就算只比别人多登高一寸，我的膝盖就开始发抖。恐高应该是跟哥哥一起登上蹦极台之后开始的。我将要继承的教会，讲台高度是二十厘米。可怕的高度。必须有牛黄清心丸。

在教会为父亲举行的葬礼上没有见到哥哥。他说要离家出走去当木匠，已经五年没联系了。早已没有书信往来，哥哥也不可能出现，母亲却总是瞟向门口。父亲的遗体运往爷爷生前准备的龙仁祖坟安葬。

在给父亲的棺材撒土的时候，哥哥突然出现了。吊唁的人群里似乎爆发出"呃"的叹息声，唱诗班的颂歌也戛然而止。我停下铲土的动作，朝吊唁的人群望去。吊客们都用手掌遮挡阳光，朝山下张望。

一个黑色的物体正快速逼近。秋日艳阳太刺眼，我也用手遮挡阳光，黑色物体这才原形毕露。黑色西服的缝线似乎马上就要撑开了。是哥哥。他这期间变得更庞大了。突然感觉世界变得很拥挤。哥哥就像一头愤怒的大象狂奔而来，高高地举起一只手。似乎想要让世界停止运转的架势，就像失去恋人的超人那样。

就在哥哥松弛的下巴赘肉几乎触手可及的瞬间，他突然瞪大双眼，然后呼地神奇地飞上了天空。哥哥没能控制住速度，在空中划出一条粗大的抛物线。连重力都没能拖住他的肉身。啊，哥哥又飞上天了！我感觉自己被什么东西蛊惑了。这一次托住他的不是安全网，而是父亲的棺材。不，是哥哥的身体砸在父亲的棺材上。

哈利路亚。

有人一喊，大家就异口同声地跟着喊起来。当然不是所有人，我张大嘴巴，一直没能合上。

哥哥牢牢地卡在坑里一动不动。工人们表情严肃地讨论起来，甚至有人提议应该叫起重机。经过一番激烈的讨论，终于在拓宽坑口的建议上达成一致。工人们用铁锹小心翼翼地挖土时，哥哥只能抱着父亲。这是最后一次拥抱。假如坑再小一点或者再大一点，都不可能实现这时的拥抱。"万有引力"的反义词是"坑"。死者的坑能紧紧卡住生者。是死者为生者准备的坑。

父亲从来都没有抱过我。无论是考上神学院，还是第一次说教，都没有抱过我。父亲准备的坑对我来说太大了。不，跟父亲准备的坑相比，是我太小了。"万有引力"的反义词是"坑"，而"坑"的反义词就是"嫉妒"。自卑感用两个字缩写就是"嫉妒"。我是怎么吃都长不胖的体质。和父亲一样。父亲是肩窄胳膊长的特殊体形，一辈子都没穿过成品衣服。因为死亡，父亲的躯体一下子膨胀了。棺材是父亲穿的第一件成品衣服。

哥哥最后一次飞天是因为死亡。辗转工地打工的哥哥在一次荒唐的事故中失去了生命。他被一台搬运钢筋时翻倒的起重机轧死。享年四十五岁。

哥哥留下的遗物就只有一个内衣箱，箱子里装着袖珍版国语字典、笔记本、红布和一个信封。

我翻开破旧的袖珍版国语字典。在哥哥一边听着父亲说教一边翻阅过的字典上，到处都画着红线。大致是这些内容：奸淫，不是夫妻关系的男女之间发生性关系的事；通奸，有配偶的人和配偶以外的异性发生性关系的事。哥哥的字典就像一本罪恶字典。

笔记本上反复写着《利未记》。在最后一页歪歪扭扭的线条两边的目录里，写满了能吃的东西和不能吃的东西。

能吃的东西。蹄分两瓣反刍的走兽；有鳍有鳞的鱼；在有翅膀用四足爬行的昆虫里，可以在地上蹦跳的东西，如蝗虫、蚂蚱、蚱蜢。

不能吃的东西。骆驼、兔子、猪、无鳍无鳞的鱼、雕、乌鸦、鸵鸟、夜鹰、鱼鹰、鹰、鸮鸟、猫头鹰、角鸥、鹈鹕、鹳、戴鵀、蝙蝠、有翅膀有四足的爬物、用脚掌行走的动物，在地上的爬行动物中有鼬鼠、鼫鼠、巨蜥、蜥蜴、变色龙。这些是不洁净的东西。

这是《利未记》第十一章的内容。如果不是《利未记》，哥哥的体格可能会大两倍。

信封里装着哥哥从高台上跳下来那年人气很高的一位女演员的泳装照片和一封遗书。遗书是哥哥上小学四年级时在自律训练营作为作业完成的。

请火化我吧。请从世界上最高的地方抛撒，能让我在天空久久地飞翔。祝爷爷、父亲、母亲万寿无疆。

红布上的血迹仍然很显眼。这是一头栽到地上的"北斗七星"的血。

我按照遗书的要求火化了哥哥的尸体。连袖珍版国语字典、写满《利未记》的笔记本、当年人气女演员的比基尼照片、遗书都一起烧了。红布用来包骨灰盒。

我拎着骨灰盒找到哥哥曾披着红布飞跃的高台。从前高台的位置如今商业建筑林立。一楼是脊骨醒酒汤店，顶层有一家按摩店。

我爬上楼顶抛撒了哥哥的骨灰。恰逢一股阵风吹来，哥哥飞得又高又远。

哥哥来过一次教会。当时我正在说教。哥哥就像踏进了不该来的地方，怯生生地坐在最后一排。我正在滔滔不绝地讲解有关"罪恶"与"审判"这些可怕的字眼。就像父亲做的那样。只有这样，那些老信徒才不会小瞧我。他们的负罪感是我树立权威的支柱。如果有无辜的人，就应该给他灌输罪恶感。正好那天说教的主题是原罪。

我们生来就是罪人。无论是十恶不赦的罪人，还是犯下轻罪的罪人，同样都是罪人。

就是从哥哥映入眼帘的那一刻，我惊出一身冷汗，开始胡乱重复说过的话，或者漏掉必须要说的内容。可能是从哥哥露出微笑的时候开始，或者哥哥躲在那些反省自己出生前犯下的罪恶而脸色发青的人群后面咧嘴一笑时，就已经开始了。为了看马戏而偷窃捐款箱里的钱的时候，十分自信地说就算有信徒目睹他当了人体炮弹也不敢向父亲告发的时候，向我透露爷爷每次喝醉都会指着相同数字的时候，在蹦极台边缘扭头露出的正是这种微笑。仿佛在抚摩严密隐藏着我的恐惧、不安、嫉妒、黑暗、冰冷彻骨的微笑。

我无法继续站在讲台上，也无法继续侃侃而谈"罪恶"和"审判"。记不清说教是如何结束的，那天连牛黄清心丸都没能拯救我。等我打起精神的时候，哥哥已经不见了踪影。那是我见到哥哥的最后一面。

直到现在我也没学会用牙缝滋口水，仍然为了站上讲台不得不嚼牛黄清心丸。所以我只能窝在房门紧锁的书房里准备说教内容，有时心情烦躁也会练习用牙缝滋口水。甚至靠牛黄清心丸登上讲台的瞬间,也会苦苦思索要说什么话才能征服人们。如果是哥哥,他会怎么做呢?如果是哥哥的话。然后我又思索了一下。最后见到的哥哥,说不定也是幻影。

少年　　늙지

소년은

　　　　않는다
不老

少年在一阵直刺鼓膜的尖锐机械声里打着寒战，睁开眼睛。这不是一场甜美的梦。跟往常一样，赤裸且冰冷的梦境。有人说现实和梦正相反，一派胡言。梦里很冷，现实更冷。少年用又脏又肿的手抹掉眼屎，看了看炉子。油桶做的火炉里，烧得焦黑的木柴正吐出最后一点火焰。少年从油漆桶里拿出木柴铺到火堆上。看到火势蔓延到刚放进去的木柴上后，少年把头转向沙发。爷爷一直合着眼睛。火种和爷爷，没有被冻死的少年每次睁开眼睛后，都会确认这两件事。有时火种优先，有时爷爷优先，但是从未漏掉过一个。

少年走到客厅，打了个哈欠，喷出一股白气。透过长满霜花的阳台玻璃窗，能看到窗外有什么东西在晃动。

是一部云梯车，在往下搬运家具。云梯车每次移动时，窗框就瑟瑟发抖。少年脸色忧郁地望着窗外，转身回到卧室。他关上门，坐在短腿小饭桌前，拿起铅笔开始在图画纸上绘画。每画一条线，纸上就会发出沙沙声。这是他在世上第二喜欢的声音。

过了一会儿，纸上现出翼龙振翅翱翔的威武姿态。少年眯起眼睛打量着中生代白垩纪的猛兽。似乎有些空虚。他在翼龙的头顶画出了云彩。这下看起来还不错。少年重新眯着眼睛凝视画面。这次在尾巴下面画了一片云团，效果更好了。少年翻过图画纸开始写字。写第二个字时铅笔芯折断了。他把铅笔插进火车头模样的铅笔刀里，因为是短铅笔头儿，自动铅笔刀的把手在空转。他拔出铅笔，用剃须刀削好，把铅笔屑装进空罐头盒。鸟脚龙。少年仔细地卷好图画纸，用一根红毛线系上，打了一个蝴蝶结。

传来一阵敲门声，似乎早在少年的预料之中。他手握卷好的画纸筒径直走到房门口，站在鞋柜上的镜子前。落满岁月尘垢的镜子像一块半透明的玻璃。少年用手蘸了口水整理一下乱蓬蓬的头发，打开了玄关门。门外站着住504号的阿姨。只有她一个人。少年的脸色灰暗下来。

"爷爷呢？"

"在睡觉。"

"又睡了？"

"叫醒他吗？"

"不用。这个给他就行。"

女人用脚把地上的苹果箱推进门里。她越过少年的头顶朝屋里张望，少年始终注视着她。女人凝视了一会儿少年，似乎有话要说，但只是嚅动一下嘴唇就转身离去了。少年摩挲了一会儿藏在身后的画纸卷。

过了一会儿，外面传来汽车声。少年飞奔出门，像箭一样冲下散落着垃圾的肮脏而昏暗的楼梯。少年跑出公寓时，云梯车和厢式货车正驶出公寓小区的树林，在硬硬的雪地上留下清晰的车辙。少年沿着车轮的痕迹奔跑起来。灰色公寓楼如墓地里的墓碑一样林立，偌大的小区里只有少年在奔跑。搬家的车辆消失在大街上。少年背倚着墙蹲坐下来喘了会儿粗气，抬头仰望天空。似乎裹挟着数亿朵雪花的乌云低低地压下来,仿佛能触到他的额头。少年愁容满面。如果下暴雪的话,也许会接到停课通知。但停课通知比狼来了还可怕。

少年从外套口袋里掏出烟盒。烟盒上印了一个鲜红的圆环。这个红圆环画的是太阳,曾经照耀少年出生前的世界。是爷爷喜欢抽的香烟。爷爷每次抽烟时,都会用幽远茫然的眼神,给他讲从前的故事。春季里满山烂漫的迎春花;夏季阴雨不断,连小溪水都涨满了;秋季里树叶像燃烧一样红红的一片。就好像科幻电影或者童话世界里才会发生的故事。都是爸爸死于车祸,妈妈为了赚钱而漂洋过海以前的故事。

每次爷爷讲完故事,少年都会追问:"妈妈什么时候回来?"爷爷的回答始终如一:"花开的时候。雪化了,花开了的时候。"少年又会追问:"什么花?"爷爷的回答每次都不一样。有时候说是木莲,有时候说是丁香,有时候说是洋槐。都是一些陌生的名称。少年又问道:"妈妈能认出我吗?"爷爷毫不犹豫地说:"你妈妈在这房子里生了你,在这房子里听过你咿咿呀呀地第一次说话,看过你第一次迈步。妈妈肯定能认出你,就像能认出这个房子一样一下子就能认出来。"每次听到"妈妈"一词时,少年都会瑟瑟发抖。

他吮吸烟头的脸颊上凹陷出酒窝。烟雾像线团一样缭绕,沿着墙壁上升,消散在灾难管理厅张贴的警示牌之下。

> 这座建筑物出于外部出现龟裂、钢筋腐蚀等原因,明显存在倒塌风险,根据《灾难管理法》第32条第2款,确定为危楼。经过建筑物周边的行人,请格外留意。

少年经过公寓楼门时停下脚步。信箱里插着一封信。少年取出信封。信封里装着一只口哨和写有陌生地址的字条。这是瑟姬经常挂在脖子上的哨子。是住504号的叔叔送给她的红色哨子,让她遇到狼的时候吹。那时候有传闻说,后山有狼下来叼走了在小区游乐园玩耍的小孩子。少年把哨子挂在脖子上,朝504号走去。瑟姬家空空如也。少年突然感觉到一阵尿意,对着客厅的墙壁滋了很久。

住504号的阿姨送来的苹果箱里装着土豆,全都又小又零碎,干瘪的也不少。三十五个。如果吃一个能挺一天,熬到假期结束还剩四个。这个假期不用乞讨或者小偷小摸了。不是害怕乞讨或者偷窃,只是害怕被抓住后送进难民收容所。就像害怕爷爷死一样。那样就无法守住这个房子,也不能继续等妈妈了。

少年用木柴烤熟一个土豆吃了,垫着肚皮趴在地上铺开地理书的附图。他开始查找字条上记载的地址。"地角村"是最南边的城里一座公寓小区的名字。既然在海边,应该很温暖。没有狼的嚎叫声,而且那个地方也许还会开花。野狼的嚎叫声催促着夜幕降临,少年不知不觉地沉入了梦乡。

少年走出公寓楼去上学的时候,还是黑暗的凌晨,残星在天空中闪耀。正在离去的黑暗的脚后跟,在昨夜倾泻而下的积雪里隐约闪烁。无意中走向504号时,少年在四楼的平台黯然失落地转过身。摸了一下挂在脖子上的哨子,步履沉重地走下楼梯。很久以前电梯就停止运行了。停止的不仅是电梯,供电停了,自来水停了,区内小型巴士也停了。连不祥的传闻也不再光顾的地方，如今只有风和雪还会找来。

走出公寓楼门，凛冽的寒风扑打在少年的脸颊上。他戴上滑雪用的护目镜和面罩。厚厚的积雪都快吞没脚踝了。原来的积雪没有融化，变硬的积雪上又积了一层雪。如同恐龙尸体上层层叠叠地落下不同时代的尘土一般。

爷爷说过，驱动人类制造机械的黑油，来自恐龙的尸体。按照爷爷的说法，让飞机起飞的应该是鸟脚龙的尸体，驱动除雪车的应该是霸王龙的尸体。

少年从背包里拿出两个摘掉手柄的羽毛球拍垫在脚下，用尼龙绳捆结实。像一位在重力很小的星球探险的宇航员一样，少年摇摇晃晃地前行。

上学的路遥远而寒冷。今年转去的学校，走出公寓的树林后还要穿过五条大街才能到达。少年经常转学，因为无法在一所学校一直持续上学。他就读的上一所学校，就因为学生数量减少而停办了。

少年走到学校时，天还没亮。学校里空无一人。少年总是第一个到学校，在之前读过的几所学校也是如此。

穿过一条黑暗阴冷的走廊，他走进教务室对面的卫生间。这是教职员工专用的卫生间。他让洗手池流满了水。即便把红色阀门拧到最后，也只有不冷不热的水，而且掺杂着铁锈。这里是唯一可以摸到温水的地方。少年洗了头和脸，从背包里拿出毛巾擦干了水。他从地上捡起两只烟头装进烟盒里，给带来的水桶装满水，才走出卫生间。

上课时，少年一直在练习本上画恐龙。国语课上画了帝鳄，数学课上画了肯氏龙，英语课上画了棘龙，科学课上画了霸王龙。

前天转学来的同桌目不转睛地盯着画。他也是因为原来读的学校关门了才转学的。

"你想要吗？"

少年一问，同桌高兴地点了点头。

"就凭一张嘴？"

话音未落，同桌从口袋里掏出一件东西。是珠子。像群星般密密麻麻布满气泡的蓝色珠子。少年摇了摇头，同桌又把手伸进口袋，这回掏出一块方糖。少年眼睛一亮，点了点头。同桌挑了一只小霸王龙。少年最喜欢的恐龙是鸟脚龙。只要有一对翅膀，身无分文也可以去济州岛。据说温暖的岛上有许多椰子树排列在路边，到处都有老人形象的黑色巨石。那是爷爷新婚旅行的地方。如今那是只有被选择的人才能生活的地方。

忽然，同桌表情僵硬地捅了捅少年的肋骨。已经谢顶的老师正狠狠地盯着少年。

"太阳系最大的行星叫什么？"

"您说是木星。"

"最小的行星呢？"

"您说是水星。"

"太阳和地球之间的距离呢？"

"您说有1亿5000万公里。"

"太阳的直径呢？"

"您说是地球直径的109倍，老师。"

老师红着脸抽搐了一下嘴唇，同桌也张大嘴巴合不上了。老师转身朝向黑板，少年又开始画恐龙。

终于等到了供应午餐时间。今天的菜单有玉米面包、干白菜叶粥、酱黄豆。少年一点一点掰下玉米面包，蘸着干菜粥吃。同桌首先消灭掉了酱黄豆。

"你知道恐龙为啥命绝吗?"

同桌像要透露某个秘密似的压低嗓音问。

"应该是灭绝吧。"

"你知道恐龙为什么灭绝吗?"

"彗星撞到了地球呗。"

"不对呀,据说是冻死的。我们早晚也会冻死,只是时间问题。"

"谁说的?"

"我爸。我爸一喝酒就能变得绝顶聪明。这是他喝得醉如烂泥后说的,肯定没错。"

"应该是烂醉如泥吧。"

"烂醉如泥后说的话,肯定没错。"

"你不吃面包吗?"

"吃腻了。"

"那给我吃行吗?"

"就凭一张嘴?"

"肯氏龙怎么样?"

同桌用下巴指了指少年脖子上的哨子。

"这个不行。"

同桌噘起嘴。少年从背包里取出卷好的画纸,解开红毛线展开给他看。

"哇!鸟脚龙!"

同桌睁大了眼睛。少年迅速抓起同桌餐盘里的玉米面包塞进背包。

少年回绝了同桌要带他去家里玩儿的邀请,一放学就踏上了回家的路。白天短暂,要做的事情却很多。他把羽毛球拍垫在脚下,用尼龙绳捆结实,蹒跚地走在厚厚的雪地上。有除雪车来回奔走,不像是在清除积雪,倒像是要压实积雪。离家越近,车和行人就越来越稀少。少年没有盯着路,而是一门心思眺望着公寓楼走路。让小路隐没或开启的,是一群如同一个模子印出来的高层公寓楼。少年路过白蜡树村小区,沿着柳树村小区绕过榉树村小区后,横穿过樱花村小区,眼前出现一座很大的人工湖,湖对面就是他居住的小区。建造摩天大楼的心情跟种一棵树一样吗?挖出大树后,在坑里注入混凝土的心情是什么样的呢?所有公寓小区都以树木命名。学校接二连三地关闭，如同长在小区身体里的肿瘤一样扩散，只有那些没钱去南方或者在南方没有可投靠的亲戚的人，才会脸色蜡黄地留在这些名字优美的"村庄"里。

越过人工湖远远望见外墙上有熊的图案的公寓楼。熊岩村。小区的后山名叫熊岩山。熊岩山上没有熊，只有狼成群结队。天黑后，还会下到小区里觅食。据说这群狼属于只在西伯利亚生活的种群。不知道是酷寒驱赶着狼群，还是狼群驱赶着酷寒而来。

少年穿过冻了厚厚一层冰的人工湖。人工湖的面积是学校运动场的三倍。过去这里挤满了滑雪橇和滑冰刀的孩子。更早以前，据说湖里有喷泉，下面有花花绿绿的鱼游来游去。喷泉、鱼和孩子们都已经离去，湖上只剩下覆盖着冰面的积雪和少年凌晨印上去的脚印。

少年抵达楼下的时候，有一个男子在用扩音器喊爷爷的名字，旁边停着一辆雪地摩托车。少年问他什么事，这男子反问："你是谁啊？"少年又反问："找我爷爷有事吗？"

"爷爷？"

"嗯。"

"爸爸呢?"

"去世了。"

"爷爷去哪儿了?"

"在睡觉。"

"你怎么知道?"

"这个时间总是在睡觉。"

男子用怀疑的眼神打量他。

"到家里看看吧?"

"哦,不用了。"

这男子摆摆手,从公文包里取出文件。

"你代签吧。"

文件上有一行文字:本人确认收到了灾难管理厅的疏散劝告,本人愿意承担建筑物倒塌等意外事故造成的一切损失。下面是分为三列的表格,在地址、户主、签名栏下面已经记录了三个名字,地址都是熊岩村小区。少年在第四栏里写了地址和名字。

"得写爷爷的名字啊。"

男子沉下脸说。

少年划掉自己的名字。

"在你名字上再画一条线，然后在旁边签字。签爷爷的名。"

少年按男子的要求做了。

男子把文件装进公文包后，抬头看着公寓自言自语：

"等到了旱季，雪会融化渗透到裂缝里……"

少年也抬头仰望公寓大楼。外墙漆剥落了，到处都是裂缝，灰烬一般丑陋的建筑物似乎已经倾斜了。少年的两眉之间凹陷出一条粗粗的沟。

"放学回来了。"

少年一边推开里屋的门一边大声说。

爷爷躺在沙发上，还在睡觉。少年放下背包走到门口，从鞋柜里拿出塑料锹。少年走出家门，通过楼梯爬上了屋顶。

屋顶白雪皑皑。少年用塑料锹铲起雪扔到下面，嘴里哼着歌。有三只熊呀，住一间屋子，爸爸熊，妈妈熊，宝宝熊。爸爸熊哦胖乎乎，妈妈熊哦很苗条，宝宝熊哦哎哟真可爱。呜呼——呜呼——好棒啊。少年铲得胳膊都酸了。虽然额头上挂满了汗珠，手和脚却快冻僵了。

少年喘着粗气点燃烟头时，清理出的水泥地面只有卧室大小。把雪全都清除掉，铺上防水布就好了。少年伸长脖子环顾四周。远处田野上丢弃的塑料大棚在风中猎猎作响。

少年从口袋里掏出方糖，小心翼翼地打开包装纸。方糖比雪还白。就像这是世上最后一块方糖一样，他小心地舔了舔，重新裹入包装纸，塞进口袋里。

少年冲着飘落的雪花撒尿。焦黄的尿水。从身体里出来的东西，都是黄的。眼屎、痰、粪便。人类的灵魂是黄色的，肯定没错。

少年从楼顶下来，还有一件事要在天黑前做完。回到家放好塑料锹，从门侧房里拿出购物车。购物车里装着一把斧头和一捆尼龙绳。少年拖着购物车经过三栋公寓楼，走入小区游乐园对面公寓楼的第二个楼门，径直爬上三楼。303号和304号房门之间是楼梯平台。少年走进了303号。

少年首先打开鞋柜察看。有一双用皮带捆扎的奇妙鞋子蒙着灰尘躺在那里。他拿起鞋子拂去灰尘左右观察。

皮子已经磨得灰秃秃的。很像爷爷在新婚旅行照片中穿的。少年像发现奇珍异宝一样把鞋子小心地塞进购物车。他推着车穿过空荡荡的客厅来到厨房。仔细翻找了搁板和抽屉，却只找出两个碎碟子和一摞纸杯。他只拿了纸杯。他依次朝卧室和门侧房找去，一无所获。"朝觐"的最后一站是洗手间。洗手间里居然没留下一块肥皂。

一番搜索结束后，少年一个不落地取下抽屉和门板放在地上，抡起斧头逐一劈开。一只抽屉可以烧一小时，一扇门板可以抵御一整天的寒气。每当斧头落下时，木头劈裂的咯吱声就回荡在空旷的屋里。

专心劈柴的少年忽然听到一声狼嚎，吓得赶紧朝外面张望。不知何时天色灰暗起来。狼群经常趁夜从山林里下来。少年用尼龙绳捆好木头，匆匆装进购物车，慌忙跑到楼外。他用力推着购物车穿过小区游乐园时，生了锈的秋千铁链在风中摇晃着，嘎吱作响。

少年斜歪着架好新柴火，撒上铅笔屑，点燃了，冒出火苗。用练习本一扇风，烟火就很有气势地升腾起来。他把从学校打来的水倒进铁皮锅，架到炉子上。打开练习本，在写有"5栋303号"的格子上打了一个叉。锅里的蒸汽升腾后，把水倒进马克杯。他掏出方糖放入水中，用手指搅拌。他吮了一口手指。水很甜。少年的脸颊上凹陷出两个小酒窝。

谢谢，我要开吃了。

少年拿出跟同桌交换来的玉米面包，掰出小块儿蘸着白糖水吃起来。

狼嚎声从远处和近处此起彼伏地传来。有时从远处和近处同时传来。在火炉里放入足够的木柴后，少年用毯子一直裹到脖子，躺下来合上眼睛听劈啪声——火花四溅的声音。这世上他最喜欢的声音。

每天清晨叫醒少年的不是寒冷就是狼嚎声。他从睡梦中醒来，穿上外套，背上书包走出公寓树林，越过人工湖，经过以各种树命名的小区去学校。在教职工专用卫生间洗脸，上课时一边画恐龙一边等待供餐时间。偶尔遭遇老师突然袭击式的提问，回答不上的事从未发生过。授课内容如同司空见惯的雪花般无比熟悉。虽然同桌说恐龙是冻死的，让他挂念了一会儿，但一领到午餐就忘了。也许对恐龙画失去了兴趣，同桌一直在窥觊他的哨子。同桌提议用两个玉米面包交换，他拒绝了。第二天说用三个玉米面包换。同桌给出的玉米面包数量每天增加一个。他也不知道自己能坚持拒绝多久。瑟姬杳无音信。他写了几封信，没有寄出去。因为没有钱买邮票。他甚至做了一个梦，为了得到邮票舔了陌生男人的屁股。放学后，他径直地朝家走去。路过白蜡树村，沿着柳树村，绕过榉树村，横穿过樱花村，越过巨大的人工湖回家了。每次走过冰天雪地的湖面时，假期就一步一步临近了。

"我放学回来了。"

少年推开卧室的门喊道。

爷爷躺在沙发上眯着眼睛。男孩又拎着塑料锹爬上了屋顶。原本露出了卧室般大的水泥地上又覆盖了雪。三天两头地下雪。少年又开始除雪了。偶尔直起腰漫不经心地扫视冰雪世界，见不到活动的身影。流逝的时间已经无法用刻在手表上的数字估算了，楼顶重新露出了卧室大小的灰色水泥地。少年拿出水箱旁揉成团的塑料布铺在地上，沿着边缘压上石块。

少年回家后又拉着购物车下楼了。经过三栋公寓楼，穿过小区游乐园走入对面公寓楼的第三个楼门。少年在405号房门前停下脚步。405号门牌下面贴着十字架模样的银色贴纸。少年走进房间，跟往常一样，首先翻看鞋柜。留下了几双鞋，后跟皱巴巴的肮脏运动鞋、鞋底脱落的长靴……一双尖头高跟皮鞋映入眼帘时，少年睁大了眼睛。虽然是旧鞋，但鞋跟好好的。少年只把右脚的鞋装入购物车里。

在客厅和厨房一无所获的少年推着购物车走进卧室。一个大衣柜遮住了一整面墙。大衣柜上居然装了七扇推拉门。足够烧一个月了。少年抓住第一扇推拉门的把手拉开柜门，里面空空如也。打开第三扇、第五扇柜门也是如此。

同时打开第六扇、第七扇柜门时，少年吓得后退了一步。柜子里传出吱吱的叫声，像野兽幼崽的叫声。他从购物车里拿出斧子，咽了口唾沫，猛地拉开衣柜门。衣柜的一角蜷缩着一团黑乎乎的东西。这不是野兽，是个孩子。不，像野兽般的孩子。孩子闭着眼睛一动不动，好像睡着了。少年轻手轻脚地走过去，仔细打量着孩子。

头顶短发多处被撕掉,如同锯齿受损的锯一样凹凸不平,脸像刚从烟囱里爬出来一样黑乎乎的。看不出是男孩儿还是女孩儿。孩子盖着肮脏破烂的毯子,活像一个在没有屋顶也不挡风、没有一点温热的地方度过了无数夜晚的流浪侏儒。

少年用斧头杵了一下孩子的肩膀。孩子一下子睁开眼睛,瞪大眼睛打量着他,眼神里充满戒备,视线落在少年手里的斧头上。

"别害怕,我不会伤你的,这是用来劈柴的。"

少年放下斧头说。

孩子不再瞪大眼睛,目光仍然充满戒备。

"你自己吗?怎么钻进这里了?"

孩子没有吱声。

"听不见我说话吗?你不会说话?"

见孩子没有反应,少年打着手语跟他搭话。就像他曾经跟瑟姬做过的一样。孩子只是呆愣愣地望着他的手势。又传来吱吱的叫声。孩子掀开破烂的毯子,伸出一只幼兽的脑袋。是狼崽,一只毛色雪白的狼崽。

小狼崽竖起毛咆哮起来。少年吓得倒退一步,撞到购物车上，一屁股坐在地上。孩子露出焦黄的牙齿无声地笑了。孩子伸手挠了挠狼崽的脖子让它安静下来。孩子怀抱着狼崽，披着斗篷一样破烂的毯子，钻出了衣柜。

少年用斧子劈门板的工夫，孩子安静地坐在一旁注视。挥舞斧子的间歇，少年不停地跟孩子搭话，但是他每次都缄口不语。也许既聋又哑吧。狼崽趴在孩子的怀里十分温驯，似乎把他当成妈妈了。

在购物车里装满木柴，少年推着车子走到外面时，孩子跟了出来。

"别跟着我。"

少年转过头喊道。

孩子一哆嗦，停下脚步。可是走到滑梯时，走到公寓楼门口时，少年每次回头都会发现孩子像冻住了似的立在身后。就像跟爷爷玩过的"木槿花开了"的游戏[1]一样。

"跟你说了，别跟着我！"

---

[1] 韩国的传统游戏，类似于国内的"123木头人"。

少年再次嚷道。孩子仍旧垂下头,一句话也没回。反而孩子怀里的狼崽抬起头发出低低的咆哮。

少年走进自己家门的时候,孩子仍旧紧跟在后面。少年一瞪他,他就重新垂下头,就像在找掉到地上的什么东西一样。少年走进房门,咣的一声关上了门。狼崽在门外嗷嗷地吼叫。

少年从鞋柜里掏出一只鞋跟已经脱落的旧皮鞋,那是妈妈的皮鞋。这是妈妈留在他缥缈记忆中的唯一痕迹。他连妈妈的长相和声音都想不起来了。关于妈妈,他唯一知道的就是脚的大小。他从购物车里拿出那只皮鞋,掰下鞋跟,跟妈妈的鞋子比对了一下。虽然外形完全不一样,至少高度差不多。他取出鞋垫,用小钉子重新固定好鞋跟,用胶水重新粘好鞋垫,然后哈着气用心地擦拭皮鞋,一直到黑色外皮被擦得油光锃亮。他把修缮一新的皮鞋装入纸箱,放回鞋柜。虽然记不住外貌和嗓音,也不是没有办法认出妈妈。让她试试皮鞋就知道了。如果真是妈妈,鞋子应该正合脚才对。

少年用炉子生火,在锅里热好水,把从学校拿回来的玉米面包掰碎蘸着热水吃了。不知何处传来狼叫声。

少年吃着面包，忽然竖起了耳朵。狼叫声是从门外传来的。他起身走到房门口，没有摘下链扣，只打开了一条缝。瑟瑟发抖的小孩蜷缩在地上冻得牙齿咯咯打战。少年摘下链扣，打开房门。

孩子紧贴着火炉坐下时还在发抖。少年往火炉里添了木柴。孩子怀里的狼崽注视着火花开始低吼起来。少年又开始吃面包。孩子直勾勾地盯着面包。少年掰了一半面包递给孩子。孩子一把抢过面包，掰了一半喂给狼崽，剩下的面包一口就吃没了。孩子喀喀地咳起来，少年把盛着温水的马克杯递了过去。孩子用手掌盛满温水，放到狼崽鼻子下。狼崽开始舔孩子手掌凹坑里的水。水都喝干了还在舔。孩子又往手掌里倒了水，然后才把杯子凑到嘴边，肚子里传出一阵咕噜声。

少年拿出两个土豆，放到火炉里烤熟，分了一个给孩子。孩子还是先喂给狼崽后，再开始吃自己那份。少年好奇地看着孩子。每次远处传来狼嚎时，狼崽总是蠕动一阵子。每当这时孩子就挠一挠它的脑袋、耳朵、脖颈。少年用膝盖爬到沙发前，把滑落的毯子重新盖上去，然后说：

"爷爷，晚安。"

少年在地板上躺下，准备睡觉，拉下裤子的拉链时，一下子瞪大了眼睛。小孩把手伸进拉链里，握住少年的性器，还把嘴凑过来。

"你干什么？"

少年推开孩子，嚷嚷起来。

孩子一副莫名其妙的表情望着少年。

"你再这样，就赶你出去！"

虽然少年打着手语警告他，孩子还是莫名其妙地眨着眼睛。

一阵令脚腕抽搐的寒气让少年从睡梦中醒来，他起身给火炉里添了木柴，转过头看了一眼沙发。爷爷躺在沙发上沉睡。孩子和狼崽都不见了。他找遍了家里的角角落落，一点痕迹也没留下。少年检查了一下橱柜下面的苹果箱。三十二个。土豆没丢。

少年披上外套，戴上滑雪用的面罩和护目镜，背上背包走到房门口。门口摆放着一双从没见过的鞋子。脏兮兮的小靴子。少年回到卧室，拉开衣柜门。孩子盖着破旧的毯子蜷缩在角落里打瞌睡，怀里紧紧地抱着狼崽。

刚一抵达学校，少年就走到教师专用卫生间洗了脸，又洗了内衣，然后在大桶里装满水。在地上没找到烟头。上课时间又画了恐龙。如今哨子的价值已经攀升到九个玉米面包了。为了坚定信念不动摇，少年咬紧了牙关。他决心坚持到最后再说。午餐提供的玉米面包，他只吃了三分之一，然后放进了背包。

午餐结束的时候，窗外的天色阴暗下来，暴风雪袭来了。雪花旋转飞舞着钻入黑色的瞳孔，风愈加猛烈地摇晃着窗户怒吼。有的孩子甚至吓哭了。一直到最后一节课，暴风雪仍然没有平静下来。家长们争先恐后地拥到了学校。惊慌的家长们把更加惊恐的孩子带到塌陷下来的黑洞那边。

跟上学的时候一样，少年扣好大棉帽，戴上滑雪用的护目镜和面罩，把摘掉手柄的羽毛球拍绑到鞋底下。也有一点跟上学时不一样的地方，就是从科学室顺来小灯泡，绑上橡皮筋缠在头上。少年依靠小灯泡的亮光，在黑暗的暴风雪中摸索前行。路过白蜡树村，沿着柳树村,绕过榉树村后,横穿过樱花村,走过大大的人工湖,就到家了。像要摧毁整个世界的暴风雪,还有伸手不见五指的黑暗,全都不可怕。他只担心铺在屋顶上的塑料布会被风吹走。担心暴风雪一直持续到明天早上,因为到时候他会收到学校的停课通知。风愈加猛烈,似乎人都要被吹跑了。每当看到石头的时候,少年就捡起来装进背包里。不知从何处传来一阵警笛声。

少年发现孩子的时候,已经走到了榉树村的入口附近。暴风雪减弱了,不用蜷缩着身子也能走路了。在小区的围墙根下,孩子裹着破旧的毯子蹲在那里。如果没有听到狼崽的叫声,他还以为那是一堆垃圾,差一点儿就擦肩而过了。

"你在这儿干吗?为啥到这儿来了?"

少年用手语问他。孩子却只是吮吸手指。

少年从背包里取出玉米面包递给孩子。孩子掰了一半喂给狼崽,剩下的塞进嘴里。少年掏出水桶递给他。孩子给狼崽喂过水,自己也喝了。孩子把水桶还给少年后,拉下了少年裤裆的拉链。

"跟你说了别这样！"

少年推开孩子喊道。

少年的喊叫声淹没在风中。少年重新拉上拉链。孩子把脖子上的挂饰摘下来挂到少年脖子上。是十字架银项链。

少年加快了脚步。雪光照亮了公寓楼顶。孩子一心一意踩着少年的脚印尾随而来。

走到人工湖的时候，雪停了。万幸啊！明天也可以上学了。走到湖中央的冰天雪地里，少年猛然转身回望，孩子蹲在五六步远的地方撒尿。少年干咳几声，慌忙地转过头。他一直等到孩子跟上来了，才迈开脚步。

"放学回来了。"

少年打开房门，大声喊道。

卧室里没有动静。估计爷爷躺在沙发上睡了。少年拎着塑料锹来到屋顶。孩子抱着狼崽紧跟在身后。屋顶上积满了厚厚的雪。卧室般大的水泥地面上铺的塑料布，压在塑料布上面的石头，全都看不见了。少年开始铲挖原来铺塑料布的地方，塑料布还在。

少年一边重新清理积雪，一边哼着歌："有三只熊呀，住一间屋子，爸爸熊，妈妈熊，宝宝熊。爸爸熊哦胖乎乎，妈妈熊哦很苗条，宝宝熊哦哎哟真可爱。呜呼——呜呼——好棒啊。"

少年奋力清理积雪，直到胳膊酸痛得不能动了。屋顶重新露出了卧室般大的水泥地。孩子趁这工夫，堆出了跟自己个头儿一般大的雪人。少年第一次见到雪人。雪对他来说，是需要清理、挖掘、融化的某种东西。

少年在雪人的脸上并排嵌入两粒黑色的石子，还在嘴唇之间插上一只烟头。孩子开始鼓掌了。

从附近传来了狼嚎声。到该回家的时间了。孩子不停地回头张望着雪人。少年也回首张望。雪人的眼珠隐入黑暗中，看不见了。少年重新回到雪人旁边，把小灯泡安到雪人头上，再给烟头点上火。孩子又鼓掌了。雪人的头上和嘴上闪烁着亮光。

少年烤熟了三个土豆，给了孩子两个。孩子先给狼崽喂了一个，才开始吃另一个。少年的一个土豆吃了很长时间。烧了热水，跟孩子和狼崽分着喝完后，在火炉里添了满满的木柴。

"晚安。"

少年走近沙发,一边把毯子拉到爷爷的胸口,一边轻声说。

少年在火炉边躺下,盖上了毯子。

"叔叔。"

孩子叫道。

居然不是哑巴。少年一下子坐了起来。

"你会说话!"

"妈妈说,不要跟陌生人说话。"

"你妈妈在哪儿?"

"冻死了。"

"爸爸呢?"

"爸爸也是。可是叔叔……"

"嗯?"

"叔叔怎么总跟骷髅说话呢?"

"不是叔叔,是哥哥。"

"怎么总跟骷髅说话呢?"

少年呆呆地望着孩子。孩子的脑袋上方有火花闪烁。孩子的瞳孔像乌黑的珠子。少年朝孩子的瞳孔望去,那里有一张干瘦、脏兮兮的脸皱着眉头，眨着一双凹陷的眼睛。

"遇到狼，哦不，遇到陌生人的时候就吹响它。要是那人说给你吃的馋你，也绝对不能跟去。"

少年一边把哨子挂到孩子的脖颈上，一边说。

"叔叔。"

"睡吧。叔叔，不，哥哥要早点儿起来上学去。"

少年躺下来用毯子蒙住了头。他紧紧闭上眼睛，开始思考守在屋顶上的雪人和苹果纸箱里土豆的数量以及即将来临的寒假。雪人头上的小灯泡肯定抵御不了一夜的黑暗。土豆每天只吃一个也熬不过整个假期。而且十天后就要放假了。不过，跟过去四十八次放假一样，他不会冻死也不会饿死。肯定。妈妈回来之前。雪化了，花开了，妈妈回来之前。在那之前爷爷也绝不会死。爷爷去世的话，他就不能继续待在这座公寓里，不能继续待在这座公寓的话，就算雪化了，花开了，妈妈回来了，一切都白费了。只要熬过假期，就又能上学了吧。走出废弃小区的树林，走过冰封的人工湖，经过以各种树木命名的小区，就到学校了。到了学校，就能用温水洗脸，洗头，捡烟头，一边画着恐龙一边苦等午餐时间，甚至可能弄懂恐龙灭绝的真正原因。不是因为彗星撞击，也不是因为寒冷，是因为恐龙没有学校。

旁边传来轻轻的呼吸声。不清楚是孩子的喘气声，还是狼崽的喘气声。噼啪。听到了火花飞溅的声音。现在这是少年在世上第二喜欢的声音。

人生 很

인생은 아름다워

美好

吊唁过四十年的知己后,他决定考取自杀资格证。逝者是一名语文教师,是他在工作的第二所学校相识的朋友。在同一个学校教英语的朋友转来了讣告。以前发工资的晚上,五个老友就会凑在值班室打牌,现在只剩下两人还活在世上。教科学的伙计五年前因为交通事故走了,教社会的伙计也罹患肝癌离世了。

    当"英语"打电话来告知死讯的时候,他正在看一部最近大火的越南电视剧。女主角刚得知自己得了不治之症,就接到了心上人的求婚。男主角说:"错过你,我可能会后悔一辈子。我希望两鬓斑白的我们并肩坐在长椅上欣赏满天晚霞时,可以在你耳边呢喃'人生很美好'。"

他用纸巾按了按眼角的泪水，接了电话。因为在妻子的葬礼上没有落泪，他被岳丈一家斥骂冷酷无情。葬礼结束后，一个人回家呆呆地看电视剧时，他却忽然号啕大哭。太多的愧疚与后悔涌上心头。跟酒吧女一夜风流的事，妻子初次分娩他却因为打牌缺席的事，妻子一提出国旅行他就大发雷霆……最让他后悔的，还是妻子一打呼噜，他就拽她的耳朵。

"语文"走了。

他按下遥控器的静音键。四周陷入寂静，失语的不仅是电视机。接到讣告的事已经习以为常了，但是他对于死亡仍然感觉十分陌生和不舒服。电话那头同样沉默了一阵。不知从何时开始，沉寂催生了他内心的愧疚。"语文"好像说过，如果无缘无故地想跟什么人道歉的话，那就离死不远了。

今年春天他冒着风沙去了疗养院，最后一次见到了"语文"。原本记忆力超群，人称"电脑"的"语文"，如今已经衰弱到认不出四十年的老友。都说人上了年纪就会变成小孩子，"语文"穿着纸尿裤，嘴含棒棒糖的样子就像个婴儿。他拉着"英语"的袖子落荒而逃,甚至打消了趁着出国做一次廉价前列腺手术的念头,慌慌张张地搭上了火车。

回首尔的路上,他始终一言未发。"语文"的凄惨模样印在车窗上怎么都抹不掉。这可不是很遥远的事。他每次小便时就像针刺一般痛苦,病痛倒是能忍受,生活无法自理的事却令人惶悚。他想象着自己穿着尿不湿的样子,狠狠地摇了摇头。绝不能让任何人看见这副丑样儿。与其穿纸尿裤活着,不如去死。他突然想起自杀资格证。这样看来,自杀算得上最后的养老对策了。

光是"养老"这两个字都令他忧心如焚。为了让三个子女考上世界一流大学,夫妻俩好像腰都累弯了。

老大上了××大学板门店校区,老二去了××大学横城校区,老三考上了××大学利川校区。[1]当初出于爱国情怀生了三个孩子,确实非常辛苦。还清种种债务后,他的退休金所剩无几。妻子一直叹息夫妻俩的后半辈子怎么过,两人很早以前就加入了出国旅行契会,

---

[1] 板门店、横城、利川是位于韩国京畿道和江原道的城市。

就在可以支取契钱日期的两个月前,老伴却突发脑出血晕倒在老二家厨房,手里还攥着奶瓶。为了给妻子治病,他卖掉了房子。

他很遗憾竟然一次都没跟妻子出国旅行过。只要在机场附近,他连尿都不肯撒,因为有恐高症。妻子只要提个出国的"出"字,他都会生气地质问妻子是不是有钱没地方花了?其实他只是不想被人发现他害怕坐飞机这件事。

在"语文"的葬礼上,他下定决心考取自杀资格证。"语文"唯一的儿子是丧主,却连父亲的朋友来吊唁了都没察觉,只顾盯着手掌上面生成的虚拟光屏。那是一种只有在手掌里植入芯片才能使用的虚拟手机。他不断翻动着画面,那里充斥着芝麻大小的数字、红色箭头、蓝色箭头。丧主正在父亲的灵前确认股价。

他喝了几口辣牛肉汤,站了起来。

"这就要走吗?""英语"边嚼鱿鱼干边问。

"去厕所。"

"又去?""英语"皱眉问道。

他坐在马桶上发出了痛苦的低哼。他已经习惯了坐在马桶上撒尿。从"那时"开始,只要有人站在身边就尿不出来,都成习惯了。

他感觉到下身深处的汹涌尿意,小便却毫无迹象。他努力想要分散注意力。越想小便,尿液就在体内藏得越深。有份报纸就好了,他想。他开始阅读厕所门上贴着的各种脏兮兮的小广告。

千里马快递。买卖指纹。宠物担保贷款额度最高可达三十万。替你解决最大胆的问题!大浦洞跑腿中心,乌拉圭新郎——你忠诚的伴侣……

贴在最下面的广告吸引了他的目光。江北地区合格率最高——所罗门自杀资格证培训学院。一位笑容如孩童般灿烂的白发老人的照片下面,印着一句话:最高龄合格者兼人气院长主讲。

所罗门自杀资格证培训学校坐拥宝塔公园大道上的一座三层建筑。一楼是办公室,二楼是教室,三楼是实习室。实习室?他看着入口的楼层分布图,疑惑地歪了歪头。实习自杀?自杀成功的话还怎么考证呢?转念一想,觉得自己的疑惑很可笑。"自杀失败免罚,成功则定罪"不正是"自杀资格证特别法"的宗旨吗？无证自杀成功者的遗属需要缴纳巨额的自杀税，八竿子够不着的亲戚也会丧失当公务员的资格。不能连死也要被儿女埋怨。他想起连续六年公务员考试落榜的老三。

人们在六十多平方米的办公室里摩肩接踵。完全出乎他的预料，见到的都是年轻人的身影，老年人反而一个都没见到。好像来了不该来的地方。早知如此，应该怂恿"英语"一起来的。也是，月月花退休金的人怎么可能想自杀呢。一想到退休金他就恼火。为了还债，他放弃了退休金，领取了一次性补偿。

他抽了号，坐在等候位用手掌当扇子。

214 号！

听到工作人员叫自己，他猛地睁开眼睛。看样子是睡着了。自从整宿跑卫生间之后，只要屁股沾上凳子就会打瞌睡。去一次排一点儿尿，一个囫囵觉也没睡过。医院开的处方药也只是初期有效。医生说如果一直没有好转就要做手术。医生说的手术很怪异，要把什么电切镜从尿道伸进去，烧掉前列腺组织增生的部分。老天爷啊，往那个地方塞火钎吗？医生还提到了更荒唐的事。

"这种手术效果虽好,但是会有副作用。手术后,精液无法通过阴茎射出来,而是倒流回膀胱。就是逆行呗。不过,对您来说可能也无所谓了。"从那天起他就开始打听别的医院。

从前不满意医生就可以更换医院,还算好的。自从实行定制型医疗服务后,见医生一面比登天还难。使用器官反向抵押贷款,即把器官抵押给银行贷款,每月领到的钱还是连医院的门槛都过不了。他已经两年没去过医院了。四天前,他开始便血。钱固然是原因,但他更害怕自己患上前列腺癌。以前他压根儿没想过要去医院。

"奶奶,轮到我的号了。"

"我的号过去了,我就出去一趟带珍淑散步去了嘛。"

"那您也不能插队啊,奶奶。"

"就理解一次嘛。我家珍淑到了去医院的时间了,不能再等了。"

一位抱着毛茸茸小白狗的老奶奶,在旁边窗口前跟一个孙女般大的女孩发生了争执。

"那是您自己的事,我都等了一个多小时了。"女孩提高嗓门说道。

女孩身后的年轻人也都面露不满。看老奶奶的表情好像就要哭出来了。她的眉毛浓密，眼神温柔。如果他小时候迷恋的香港演员没有自杀，老了之后应该就是这样子吧。

"您到这边来吧。"他朝老奶奶招招手说道。

他很高兴这里还有其他的老人。老奶奶怯生生地走了过来。跟其他老人不同，她身上的味道很清爽。

"珍淑，得说谢谢啊。"

毛茸茸的小狗像中暑了一样瘫软在老奶奶怀里。

"它原来不这样的，应该是太累了。"老奶奶忧心忡忡地说道。

报名结束后，老奶奶又让小狗道谢，小狗仍然没有反应。

"它本来很有礼貌的……"

"没关系。我还以为夏天都过去了呢，还是这么热啊。"他摆摆手说道。

看她的样子生活得应该不错，为什么要考自杀资格证呢？他茫然地望着老奶奶离去的背影。

"有什么可以帮您?"一位穿粉红色制服的年轻女子问道。

"啊,我要考资格证。"

"考哪类?"

"哪类?"

"您是要考一类还是二类?"

"一类?二类?"

"一类资格证可以结伴自杀,比二类难一些。"

"我要考二类。"

学费非常贵。他需要抵押器官贷款才能勉强糊口,这价格简直是在杀人。虽然教养课的学费比他一个月的生活费还多,但是必须完成法定课时后,才能参加笔试。自杀技能训练课的学费相当于两个月的生活费,同样需要完成法定课时,才能参加实践技能考试。幸好他仅有的一张信用卡与培训学校有合作,可以按照六期免息支付。

"本来就只有年轻人多吗?"他接过收据问道。

"放假了嘛。"

"刚才看楼层布局示意图,三楼是实习室,实习什么,怎么实习?"

"笔试合格后您就知道了。"

"笔试合格之后才能去吗?"

"对,不是所有人都能去的。ID卡上会记录您的听课时长和考试结果还有其他数据等,只有笔试合格,您的指纹才能打开实习室的门。"

"指纹?"

"是的,请把右手大拇指放在上面。"

为了办理ID卡,并且在警察厅备案,必须录入指纹。虽然感觉成了前科犯心里不舒服,但也只能照做。

"上课日期和时间,怎么帮您安排呢?"

"可以随便定吗?"

"教养课每天两个小时,一共六天,您可以自由选择日期和时间。"

"就跟前面的人一样吧。"

"您需要习题集吗?"

"习题集?"

"有历年试题集、预测试题集、押题集。"

"给我一本历年试题集吧。"

他走出大楼转过身仰望,只有三楼垂挂着黑色的窗帘。他拿出手机连接网络,输入"自杀技能考试"。网页弹出"含有敏感词汇"的提示,并警告若再次搜索将自动断开网络连接。他不满地咂了咂嘴,把试题集卷起来塞进脱下的外套内侧口袋。

他第一个走进教室。随着上课时间临近,学生也陆陆续续地走进来,全都是年轻人。他们像约好了似的都坐在远离他的座位上。教室里的座位渐渐坐满,而他身边的座位依旧空着。长得像早年香港演员的那位老奶奶还没到。他一边庆幸没有年轻人一屁股坐在旁边,一边又觉得有些恼火。人老了就是罪过啊。他产生了拂袖而去的强烈冲动,反复琢磨着黑板上方匾额中的院训,强忍着怒火没有起身。

一切都会过去。[1]

年轻人一坐下就开始翻书学习,甚至边做题边勾画重点。他也打开了试题集。

---

[1] 犹太格言,This too shall pass。

挖掘机在首尔到开城的高速公路上行驶的最高时速是_____？

① 50 km/h　　② 60 km/h

③ 70 km/h　　④ 80 km/h　　⑤ 90 km/h

他翻到书的封面看了一下，是自杀资格证考试试题集没错，但是下一道题仍然让人摸不着头脑。

下列选项中没有登上月球的人是_____？

①艾伦·比恩　　②阿尔菲特·波登

③查尔斯·杜克　　④吉恩·塞尔南

⑤查尔斯·康拉德

他目瞪口呆。首先是有这么多人登上过月球令他震惊，而且他唯一知道的宇航员竟然不在选项里。更令他吃惊的是，这样的问题居然有五十道，答对四十道以上才能通过考试。二类资格证倒还算容易些，一类要答对四十五道以上。这些题和自杀有关吗？为了猜测出题的意图，他皱紧眉头，如同之前无数个夜晚一样努力集中注意力。这不是国家实行的考试吗？不可能与自杀无关。周围的年轻人也都一脸认真地跟练习题展开搏斗，居然无人表现出疑惑。他也目不转睛地看着习题集，带着不能输给年轻人的斗志。

因为疲劳和困倦，他想跟年轻人比试一下的斗志逐渐消退时，貌似早年香港演员的老奶奶在他旁边坐下了。如梦境般隐约的香气让他睁开了双眼。他甚至没察觉自己睡着了。最近他健忘到连自己打过瞌睡都记不起来，像出了故障的灯泡。再这样下去，不久之后就会彻底断电吧。他用手背蹭了蹭嘴角，幸好没流口水。

"哎哟，老师也选了这个时间上课吗？"老奶奶笑眯眯地问道。

"您怎么知道我教过书？"他故作惊讶地问道。

"啊？啊！"

老奶奶用手掩着嘴笑了起来。在老奶奶春日阳光般温暖笑容的鼓舞下，他果断地与她互通姓名，甚至还了解到老奶奶，不，金女士至今未婚。

"宝宝呀，对不起啦。妈妈要学习了，你要乖哦。"

金女士把塑料宠物包放在地上，把毛茸茸的小狗抱了进去，上课时也会不时地确认小狗的状态。反正这课也没什么可听的。中年老师的头顶已经秃了。他滔滔不绝地解释了自杀资格证相关特别法的宗旨后，就让学员们一齐大声诵读。

从"为迅速完成创建先进祖国的历史性任务，制定本法……"开始，一直读到结束部分"保护人民宝贵的生命，避免社会经济受到损失"为止，反复让学员齐声诵读了两个小时之久。老师强调每年都会从中出两三道题，摆明了让他们两眼一闭，背下来就好。他在习题集的封面上写下：两眼一闭。

决定要考自杀资格证之后，他认真地思考了自杀方法。跳楼？听说跳楼的人在头骨撞碎之前已经死于心脏停搏了。心脏停搏还不够，连脑袋也要摔个粉碎！相当于死两回嘛。更何况抵押贷款的器官受损的危险就增大了。他的脏器评估价格本来就逐年递减，一旦脏器受损，子女就需要连本带利地还贷款。孩子们这才勉强能糊口，就算没有留下遗产也不能留给他们一堆债务啊。跳汉江？他怕水，甚至没穿过泳衣。而且器官受损的可能性也很大。上吊？听说囚犯在接受绞刑的瞬间会射精，人生如此落幕也太不体面了吧。割腕呢？据说如果身体泡在热水里，血液就会瞬间涌出。可惜他寄居在老三的单间房里，没有浴缸。选来选去，最后还是选了安眠药。他以前责怪妻子呼噜声大得好像吃了火车烟囱，妻子总会反驳说他睡得像具尸体。一想到只是沉睡不再醒来，死亡也不是很可怕了。

第二次上课时，他仍旧是第一个进入教室，拥挤的教室里他旁边的座位也仍旧空着，金女士仍旧在快上课时抱着毛茸茸的小狗登场了。

刚一上课，就有一个年轻的女人走上讲台。她介绍自己是一位哲学博士。"关于叔本华虚无主义哲学中体现的道教研究"，这是她博士论文的题目。她像机关枪似的滔滔不绝，用"表象""思想""无为"这些艰涩的词汇解释自杀的哲学意义。越是晦涩难懂的部分语速越快。没办法，只能背重点了。两眼一闭。

虽然老师的解释不得要领，叔本华的话似乎还能听懂。他听到叔本华尽管"推崇"自杀，却因害怕剃须刀而从不靠近理发店的逸闻时，会翘起嘴角。听到叔本华呵斥"人生不过是忍受着希望的嘲弄，被死亡簇拥的一场舞蹈"时，也会不由自主地点头。他奋笔疾书记录老师的话，准确地说是老师引用叔本华的话，然而金女士连手指头都没动过。

"您不记笔记吗？"

金女士羞涩地笑着按下手掌上网络电话的按钮，通过 3D 全息图像程序自动生成了老师的形象。"很高兴能给大家上课。我是一名博士，我的博士论文题目是'关于叔本华虚无主义哲学中体现的道教研究'。"这是录制的全息影像课程。他潇洒地竖起大拇指，就像年轻人常做的那样。

"奶奶，这里不允许录视频，您这么做属于侵犯课程的著作权。"

金女士红着脸关掉了手机。教室的各个角落传来窃窃私语。录制课程的似乎不止金女士一个人。

"请大家关掉网络手机，或者把移植了芯片的手放到口袋里。如果发现有人录制课程，我会请他离开教室。"老师斩钉截铁地说道。

金女士在移植了芯片的手上戴上没有指头的手套。

其他年轻人要么戴上了与金女士的样式相似但材质、颜色不同的手套，要么把手塞进口袋。他有些郁闷，好像只有自己在做笔记。

下课后，他到办公室买习题集，把预测试题集和押题集都买下了。他下定决心，暂时要把吸烟量减少到每天半包。

第三天，第四天，第五天，教室里的景象没有什么大的变化。他总是最先走进教室，无论教室里挤了多少人，身边的座位总是无人问津，快上课的时候金女士才会抱着毛茸茸的小狗出现，坐到旁边的座位上。接下来就是各领域的专家讲授自杀相关课程。神学家、法医、经济学家从宗教、法医学、经济的角度阐述了自杀的意义。虽然专业领域不同，但是结尾都大同小异。不用担心记不住，试题集里面都有。金女士是因为没有选择的余地才坐在他旁边的吗？虽然很好奇，但他没有问她。

第六天，也就是最后一天，与往常不同，快要上课时他才走进教室。他在公交车上一不小心睡着了，一直坐到了终点站。他气喘吁吁地走进教室时，只有金女士旁边的座位还空着。

"您来晚了呀。"金女士高兴地说。

"有点堵车。"他挠挠头答道。

他发现金女士旁边座位上的宠物包后,表情变得明朗起来。毛茸茸的小狗好像是在打瞌睡,又好像不是。

"啊,瞧我这记性!"

金女士红着脸把宠物包放在地上。

"珍淑今天也好乖啊。"他笑着说道。

"它病得很严重。"

金女士的脸色突然暗了下来。他看着她过于阴沉的表情,没有忍心接着问下去。

院长是最后一节课的讲师。他气色很好,活力四射,看上去比照片里年轻一些。这是他第一次看见持有自杀资格证的人。更何况院长还是最高龄的合格者。他拉开椅子坐下。

院长闭着眼睛聆听了教室的寂静后,终于睁开眼睛说道:

"我因为受不了父亲的虐待,九岁的时候第一次尝试自杀。"

院长顿了顿,观察学生们的反应。教室的氛围冷了下来。

"不相信吗?你们信不信我的大腿就是我爸爸的烟灰缸?"院长作势要解开腰带。

"我相信。"金女士急忙喊道。

"原来有善良的撒玛利亚人[1]啊。"

院长露出了满意的表情。金女士的耳垂通红。

院长把自己尝试自杀的经历当作英雄事迹侃侃而谈。离家出走时的惩罚、小偷的污名、拜把子兄弟的背叛、失恋、生意失败、病痛、贫穷、孤独、醉酒、怒火。放弃生命的理由多种多样。在巨大的痛苦中甚至想要颠覆世界的孤独瞬间,对于那些令他痛苦不堪的语言和行为,就算逆转地球也想予以回击的瞬间,他不是没有经历过这些瞬间,就是在"那个"时候。

他的第一份工作是在首尔的一所中学当老师。虽然这所私立学校培养出了许多知名人士,但自理事长去世,学校里一直风波不断。理事长的妻子和儿子都对财团所

---

[1] 撒玛利亚人:引自基督教文化中一个著名成语和口头语,意为好心人、见义勇为者。

有权寸步不让。三年的骨肉相残结束时，儿子一方阵营里的教师被迫离开了学校。学校马上录用了大批新教师，而他的名字重新列入了教职员名单。

校长是新任理事长的左膀右臂，他打压加入工会的教师，工作蛮横霸道。教师们不满的声音越来越大，不过都是私底下的空谈，没有一个人站出来给猫的脖子挂上铃铛。

有一天，校监[1]把他叫去，询问他对校长的评价。他一时间没能揣摩出校监的意图，不敢贸然开口。校监随后以从教三十年的名誉起誓，会把今天他们之间的对话带进棺材。他不得不说点什么了。

"校长的行为的确欠妥，大部分老师也都是这样想的。"他小心翼翼地说。

"我很担心学校未来的发展。如果放任校长这样下去的话，学校一定会一团糟。"校监压低声音说。

校监的想法跟自己一样，让他松了口气。

"那怎么办好呢？"

---

1 校监，韩国中小学设置的一个独立行政岗位，辅佐校长管理教学及行政事务，校长空缺时代理行使校长职权。

他附和道。他想强调自己和校监一样,都在担心学校的未来。

校监犹豫了一阵子,开口道:"也不是一点办法都没有……"

他向教育局投递了一封匿名检举信,检举校长的各种贪污腐败行为。几周后,特别检查组突然出现在学校,调查出校长的各种不法行为。贪污器材购置费、私吞补课费、收受工程项目贿赂……简直是贪污腐败的百科全书。把虚构的学生名单列入拟录取合格学生的名单里,并处理为未登录状态后,再开后门招收新生,收取巨额钱财。一桩桩的恶行摆在眼前,令人瞠目结舌。校长辩解说,这么做是为了打点理事长,不得已而为之。校长倒是没有说谎,很快就有证据显示部分赃款进了理事长的口袋。最后理事长的儿子接手了已经千疮百孔的财团。从那时起,他经历了意想不到的煎熬。

同事们开始明目张胆地孤立他。没有人跟他说话,甚至没人与他对视。就连之前在酒桌上激烈吐槽校长的人,也开始不动声色地躲开他。他们冷漠的脸上都写着两个大字:叛徒。

他开始害怕坐在办公室。他很想两眼一闭,从天台上跳下去。他也确实数次爬上了天台栏杆,可是每次都重新爬下来。太冤屈了。把他赶上天台栏杆上的固然是委屈,让他下来的也是委屈。每次一到休息时间,他就习惯性地躲进厕所。不是为了上厕所,也不是要确认自己已经掉进粪坑的人生。他裤子也不脱,就坐在马桶上,听到别人小便的声音,天台就逐渐遥远起来。他没事找事地往返于卫生间的工夫,校监升任了校长。

不知何时院长已经讲完了他的人生故事,开始大谈院训的含义。

"一天,大卫王叫来金匠,命令他做出世界上最美的戒指。还要刻上一句话,这句话须既能警示人在胜利中不能骄傲自满,又能安慰人在失败时不必绝望。金匠打造出世上最美的戒指,却没有寻找到这样的话。于是他向以智慧闻名的所罗门王子求助。所罗门王子给了他一句话:一切都会过去。

"所以各位,即使考试不及格,也千万不要气馁。绝望也一定会过去。我拿到自杀资格证之后,就再也没有自杀过。对,证书上都落灰了。想自杀的时候就拿出来看看，看着失败十次才考下来的资格证，自豪感就会油然而生。也会从容地觉得，自杀这么丁点儿的小事，只要下决心就可以马上做到。所以各位，在拿到自杀资格证之前千万不要自杀。"

他扑哧笑了，金女士也捂着嘴笑了，周围的年轻人却都是一脸的真挚和决绝。最近流行遇到好笑的事也不笑吗？他赶忙收起了笑意。

"我有个问题。"坐在最前排的男孩子举手说道。

"有什么问题？"

"技能考试怎么考？"

"看来你是想死想疯了。"院长微笑着说。

他强忍住笑意。班上的年轻人这次也没人笑。院长面露慈祥的微笑，说道：

"先好好准备笔试吧。通过笔试之后，就算你不想知道也会知道的。没通过的记得申请补课啊。"

虽然已经完成了法定的听课时间，他的心情却非常沉重。他完全没有信心通过笔试。到时候交了补课费，一点富余的钱都没了。估计就得戒烟了，他想。

"那个，能拜托你一件事吗？"

他从座位上站起来时，金女士犹豫不决地问道。

自杀资格证的笔试考场设在钟路警察署。考场也是挤满了年轻人。大部分人手里都握着考试材料，就好像来参加招聘会似的。他先在二楼的受理窗口取了号牌，然后到一楼办理手续。填写申请书，贴上照片和印花税票，又交了考试费。果然很贵。

他不停地摩挲放在口袋里的信封。里面是从银行取出的一百张十元纸币。为了把信封弄厚一点，他特意只取了十元的纸币。这是他的全部家当。摸着信封，紧张情绪就会有所缓和。信封的厚度意味着与其相当的胆量。他想起之前揣着一整月工资打牌的日子。虽然那时候充满了愤慨、仇恨和羞愧，也是一段不错的日子。至少膀胱还生机勃勃。

到了约定的时间，金女士才走进考场。她说一个人会发抖，果然一脸的紧张。这次毛茸茸的小狗没跟来。

帮金女士办了手续，走上二楼一看，只剩十来个人在候考了。

轮到他时，他跟着金女士走近服务台。

"谁先考?"服务台的工作人员问。

"女士优先。"他朝后退了一步说道。

金女士对他道了声"谢谢",递过去应考单。服务台的工作人员看了看照片,问她是什么时候拍的。

"这照片是珍淑爸爸出生那年拍的。"金女士神色恍惚地回答。

他看了看申请书上的照片,是一位漂亮的中年女人,表情高傲。

"您说什么时候拍的?"服务台的工作人员皱着眉头问。

"嗯……"金女士眯起眼睛,似乎在仔细回忆。

"奶奶,这里得贴一个月以内的照片。"

工作人员将资料还给她。金女士一脸惆怅。

"没办法了,看来我只能下次再考了。"金女士无力地说。

"别担心,楼前有一家快速出片的照相馆。"

"今天还是算了吧……"

"没事,就在前面。"

他走在金女士前面,挤过拥挤的年轻人。

跟金女士一起走进考场时,他一直用手捂住口袋里的信封。一位西装革履的中年男子坐在监考的位子上。他把准考证交给他。监考官又让他出示身份证。监考官看了看身份证又看了看他的脸,打量了好一会儿。

"有什么问题吗?"他问。

"没,没什么。请坐那里吧。"

监考官把身份证还给他,指了指角落最后的位置。

每张桌子上都摆着电脑。他做了一次深呼吸,输入考号,点击开始。

虽然早有心理准备,但是看到试题后,他还是不由得叹了口气。下列选项中不含有反式脂肪的食物是_____?下列选项中与巴洛克风格最不相符的建筑是_____?下列选项中第三位成功登月的人是_____?没见过的问题自然是答不上,就连在习题集中见过的题,也都是模棱两可。

他歪了歪头,挠了挠脖子,又开始抖腿。又想撒尿了。没有一道简单的题。他不时地低头,盯着无辜的手表。

他感到身边有人,抬头发现监考官站在自己身边,不知道什么时候来的。更令他吃惊的是，监考官竟然抢走他的鼠标开始答题。咔嗒，咔嗒，咔嗒。监考官肆无忌惮地敲击鼠标。他像共犯一样四处张望。所有人都盯着自己的显示器。答完最后一道题，监考官泰然自若地坐回自己的位置。他好像中邪了一样，呆呆地望着监考官，差点忘了提交试卷。

点击"结束考试"后，画面上立即显示出考试结果：84分，恭喜您通过考试。

他将准考证递上去盖合格章，视线却始终无法从监考官的脸上移开。无论怎么看都是一副陌生的脸。

"卧室面积等于两个耳房面积之和。"监考官一边盖章一边低声说。

"我教过你吗？"

"我还挨过耳光呢。"监考官嘴角露出一丝笑意。

"啊。"他像挨了一记耳光似的退缩了一下。

用所教的科目称呼该老师，不仅是"扑克小队"成员之间的习惯。学生们在谈论老师的时候，也不会说出具体名字。"语文"讲课让人困得要死。"数学"长得特像急着拉屎的小狗，不是吗？

他们叫老师"语文"、"数学"的时候,声音中隐含着某种茫然的愤怒。学生们都很清楚,无论怎样努力学习,最终也逃不过整日追赶狍子或者当佣兵的命运。如同他不是不知道,无论自己怎样拼命挣扎也无法回到首尔一样。

在那个只能伴随着野兽的嚎叫入睡的地方,他靠着对自己的憎恶熬过了一天又一天。落入校监圈套的那个天真的自己,对那些孤立他的老师也没能大声反驳一句的那个傻瓜般的自己,爬上天台栏杆却没有理直气壮地跳下去,反而躲进厕所瑟瑟发抖的那个懦弱的自己。

也许是出于对自己的憎恶,当学生们喊他"数学"的时候,他反而自虐般地感到某种解脱。除了你教的勾股定理以外,你什么都不是。不,勾股定理也一文不值,就跟你一样。

什么都不是,所以什么都可能。他很清楚,教那些每天一睁开眼就擦枪的学生勾股定理的自己其实什么都不是,所以为了教会他们勾股定理,他什么事都能做得出来。别的不重要,他们只要记住勾股定理就可以了。他的心中涌起了破坏性的冲动和不可理解的偏执。

为了教会学生勾股定理，他走进教室随意叫几个学生，不由分说地抽耳光。那些长着青春痘的学生，虽然平日像一群饥饿的野狼一样凶狠，在突如其来的暴力面前也都气馁了。

教室一片死寂，连咽口水的声音都听得到。他在黑板上画出直角三角形，大声说道：

"这是一间客厅。面向客厅建三个正方形的房间，最大的是卧室，剩下两个是耳房。此时，卧室的面积等于耳房面积之和。"

脸颊红肿的学生里，没有一个站出来质问他为什么打人的。本来就没有理由。就像要塞进这些家伙脑袋里的东西，不一定必须是勾股定理一样。这才是重点。暴力没有恰当的理由。无辜被打也默不作声的你们，在不正当的暴力面前一边庆幸自己的脸蛋子没挨打，一边屏声息气的你们，是垃圾。只有将毕达哥拉斯完美的定理永远刻入脑子里，方能拯救你们腐朽的灵魂。

调到附近的城市工作后，他连学生的一根汗毛都没有碰过。那是他人生中唯一一次动手打人，也是他极力想要抹去的一段记忆。这个人好像是当时被打的学生中的一个。他极力回避监考官的视线。

"您不认识我了吗?"监考官甚至递给他一张名片。

"认错人了。"他逃命似的跑出考场。

"老师。"

金女士气喘吁吁地追了出来。

"您突然有什么急事吗?"

"不是。这里太热太闷了。"

"考得怎么样?"

"嗯……"

金女士看了看他手中的准考证。

"Bravo!太厉害了。连年轻人都抓耳挠腮呢,您居然一次就过了。"

他感到困惑、羞愧和不安。对羞耻的记忆感到困惑,对不光彩的合格感到羞愧,对莫名其妙的帮助感到不安。那个孩子,不,那个监考官到底为什么要帮我呢?他想上厕所,却不想再回到考场。

"您考得怎么样?"他问道。

金女士摇了摇头。

他一时无语。不清楚是该祝贺她落榜,还是应该安慰她。

"不要太灰心了。我请您吃晚饭,算是安慰吧。"

他故作爽朗地说道。

"不用啦。"

"您别客气。"

"真的不用啦。"金女士看着手表说。

"您已经有约了吗?"

"那倒没有……"

"就当是庆祝我通过考试吧,不要有负担。"

他朝仁寺洞方向,不,是国际大道方向走去。

金女士推荐的地方是乐园购物中心的意大利餐厅。他一进餐厅就去了卫生间,不过有人正在使用。意大利餐厅也是年轻人的天下,年轻的男男女女三五成群地凑在一起。都说最近的年轻人不谈恋爱,果然一对情侣都没有。那些年轻人好像总是往他们这边瞄,让人如芒在背。

一位金发碧眼的外国服务生过来用英语点单。他不懂英语。

"您想吃什么？"金女士问道。

他上下扫了眼菜单。去陌生的餐厅时，他一定会点菜单最上面的菜。

"海鲜意大利面。"他答道。

"您要什么酱料？"

金女士向服务生转述后，又问他。

"Domado."

他对服务生说。自从听说西红柿对前列腺有益，他就成为西红柿宣传大使。

"Domado？"服务生用生硬的口音反问。

"Tomato."金女士对服务员说。

"OK."服务员点点头。

他被自己脱口而出的方言弄得很慌张。他的妻子总会把西红柿说成"Domado"。每次妻子这样说的时候，不管孩子们在不在身边，他都会捧腹大笑。不，孩子们在身边时他笑得更大声。"孩子们，如果说话太土，会被所有人瞧不起的。"他用训斥的口吻说。现在他最后悔的一件事就是妻子说"Domado"的时候嘲笑了她。他想跟妻子道歉。因为不可能道歉了，这种心情反而更加迫切。他甚至觉得妻子太无情了，连道歉的机会都不肯给他就匆匆地离开了人世。

"您的妻子是什么样的人呢？"

金女士喝了口水润了润嗓子后，小心翼翼地问。

他犹豫了一下。妻子是什么样的人呢？已经看过一遍的电视剧，重看到同一个场面时仍然会流泪的人；从来没出国旅游过的人；睡觉打呼噜的人；把"Tomato"说成"Domado"的人。也就是一边哭着看电视剧一边会突然放屁，虽然从未出国旅行但总是随身携带护照，虽然打呼噜，但一揪耳朵她就会安静下来，嘲笑她把"Tomato"说成"Domado"就会哭鼻子的妻子，到底是什么样的人呢？

"看来我不该问。"金女士一脸愧疚地说。

因为他一直缄口不语，气氛逐渐尴尬起来。沉默的时间越长，就越难以启齿。他不知道要说什么才能缓解尴尬的气氛。膀胱沉甸甸的，卫生间的门却依旧关着。

"您为什么要考自杀资格证呢？"他问道。

金女士的神色黯淡了。

"不想说的话，就不要回答了。"

"不是……"

四周突然陷入一团漆黑。黑暗抹去了一切,四周传来惊呼声。他瞪大眼睛环顾四周。室内没有一丝光亮,外面也是一片漆黑。

寂静了一会儿,响起嘈杂的声音。有人大声喊服务生,有人高声询问情况,有人安抚人群,请客人少安毋躁。几个年轻人打开了手机的手电筒。隐匿在黑暗中的脸露出部分轮廓。

"天啊,说是停电了。"有人喊道。

他这才察觉空调也没了动静。

"您没事吧?"

他朝对面的黑暗问道。他的眼睛逐渐适应了黑暗,隐约看见金女士的脸。金女士不知道在给谁打电话。

"民哲妈妈,我是珍淑妈妈。那边是不是也停电了?怎么办啊,珍淑很怕黑,晚上也得开着灯才能睡觉。什么?珍淑和民哲不一样啊。它得了子宫癌啊。珍淑出了什么事可怎么办。可怜的珍淑,该有多害怕啊。我现在得马上回去。"

一挂电话,金女士一下子站起来。

"老师,不好意思。我得回去了。"金女士哽咽地说。

她眼角好像有些湿润,因为四周太黑了他看不清楚。他慌忙起身,金女士跟跟跄跄地走向门口。

她的身影渐渐消失后,他重新坐回座位上。他感觉只要挪动一步,小便就会喷涌而出。卫生间的门隐藏在黑暗里难以辨别。

不清楚年轻人在高兴什么,凑在一起窃窃私语,时不时嘻嘻哈哈。哇,据说全首尔都停电了。说是因为"秋老虎"电力不足,采取了紧急措施呢。他们似乎觉得很神奇,餐厅里充满了熙熙攘攘的喧闹。就好像他们收到了意想不到的礼物一样兴奋。就像一群戴着彩纸尖顶帽的人从黑暗中跳出来,一起大声尖叫着庆祝。这叫什么来着,像是享受惊喜派对一样。他的小便憋不住了。

卫生间仍然在使用中。他的脸因不安和痛苦而变得扭曲。他害怕会尿到裤子里,感觉膀胱快要爆炸了一般异常痛苦。为了缓解不安和痛苦,他把手伸进口袋。厚厚的信封。那是打消不安的符咒,打倒痛苦的疫苗。他摸到了硬邦邦的纸。这是他在慌乱中接过来的名片。如今他的人生中最后悔的一件事，就是打了无辜孩子们的耳光。怎么能做那种事情呢？他想向监考官，还有被他无故抽耳光的孩子们道歉，真心地道歉。

一直紧闭的卫生间门呼啦一下开了。远处小便器灰蒙蒙的轮廓就像救赎的预言家一样矗立着。他跑到小便器前拉下裤子拉链。尿意凶猛，疼痛剧烈，尿液却淅淅沥沥的。但至少是感觉活过来了。

升

승강기　降

机

孔下班回到家时，看到物业缴费通知单光秃秃地插在邮筒里，不禁皱了皱眉头。之前住的公寓至少会把通知单装入信封，而这里只要留意一下，就能轻松了解别人家用了多少水、电、天然气。也就是说，邻居的洗澡频率、看电视时长，以及在外就餐的频率，都能进一步推测出来。孔把缴费通知单塞进西装裤袋里。这是他搬到这个公寓后收到的第一份物业缴费通知单。

一个长相黝黑的小男孩走进电梯，他挖着鼻孔直勾勾地盯着孔。孔冷着脸经过电梯走向旁边的楼梯。隐约感觉到男孩仍然无礼地盯着自己的后脑勺。平时孔在电梯里也苦于如何躲避周围人的视线，好在搬到新公寓后可以不坐电梯了。

走上二楼，孔在右侧房门前停下脚步。挨着203号的本来应该是204号，门牌上却写着205号。或许是觉得不吉利，最后的"4"被去掉了，而楼层数还用"4"标记。没有统一起来。

孔熟练地按下密码锁，"嘀嘀嘀嘀！"密码输入错误，意料之外的声响使他挑起一侧眉尾和嘴角，另一侧的瞳孔和鼻孔也随之放大。原来是不小心输入了之前住的公寓密码。孔重新输入正确的密码，"哔！"随之传来金属门锁开启的清脆响声。孔扬起的眉尾和嘴角放了下来，瞳孔和鼻孔也恢复到正常大小。五官恢复了平衡。孔的工作单位每当有新领导空降时，都会发生内部结构重组，而他之所以能在这样的单位坚守二十年，是因为他把统一和平衡视为金科玉律。

四天后的周日下午，孔整理要送去洗衣店的衣服时，又看到这张物业缴费通知单。什么时候塞进裤袋里的？孔一直对缴费一类的事情不上心。他赶紧看了一眼缴费期限。幸好距离逾期还有很多时间。他决定申请自动缴费，又看了看清单明细。

目光扫过一项升降机更换费用，他以为是物业搞错了。电梯从不停在二楼，说要生活节能什么的。单子上写的也不是"电梯"，而是老土的"升降机"，甚至还把字写错了，把升降机的"机"写成了"仪"，"升降仪"。他更加确信这是物业的工作失误。看着错字，孔平静地拿起对讲机听筒，呼叫物业管理室——无人应答。看起来该更换的不是电梯而是对讲机。

通知单下面写着物业管理室的电话号码。刚一拨通电话，那头传来细弱的声音切断了信号音。这是在周末晚上吵醒他，让他做好垃圾分类回收的那个声音，也是休息日早上吵醒他的懒觉，提醒他挂出太极旗的声音。孔皱起眉头。物业管理室的通知广播不分时候也就罢了，这细弱的声音和支支吾吾的语气，让人要竖起耳朵仔细听他在说什么，很烦人。

孔报了房间号，开门见山地说明了情况。他觉得这单纯是物业的工作失误，没什么好隐瞒或者添油加醋的。听筒那边反而没了动静。孔以为电话线出了问题，把听筒紧紧地贴在耳朵上，还是没有声音。就算因为工作失误而自觉尴尬，也不至于沉默这么久吧。

"喂？"孔率先打破了沉默。

"哦？"

听起来这位物业经理好像忘记了电话线另一头还有人。

"是弄错了，对吧？"

"这事儿是前任经理决定的，得问他一下。"

这么显而易见的失误，有什么好问的？对方意料之外的反应让孔感到烦躁，但他还是深吸一口气，努力压制住自己的怒气。

"电梯不在二楼停，却让我交更换电梯的费用，这合理吗？"

听筒那边又没了声音。孔读不懂物业经理的沉默不语是什么意思。

过了半天才传来那个细弱的声音。

"我跟前任经理了解一下升降仪的问题，再联系您。"

没等孔回答，物业经理自己都没说完就挂断了电话。

当天晚上，第二天，第三天，物业管理室一直没有任何消息。

孔再次拨通了物业管理室的电话。

"我是205号住户。请问,打听过电梯的问题吗?"

"打听过了。"

"那边怎么说呢?"

"说是居民们表示可以均摊电梯费用。"

"哪些居民?"孔提高了嗓门。

听筒那头又没了动静。

"是在业主大会上决定的吗?"

这次依旧是孔率先打破沉默。

"我问一下前任经理再联系。"

物业经理又一次掐断自己的话,匆忙挂了电话。看来他有着急挂电话的毛病。就像截断自己尾巴逃跑的蜥蜴。爬虫类真的很烦人。

孔再次回拨电话,叮嘱对方及时反馈结果,并留下自己的手机号码。这次物业经理也没有明确回答,就挂断了电话。显然这人确实喜欢单方面地挂断电话。

留下了手机号码,孔在公司上班时一直在等对方来电。居民们的决定?就是说一楼和二楼的居民也都同意了?他完全无法理解。翻看当地企业雇佣现状统计表的时候，完善含含糊糊却还凑合的分析表的时候，不露痕迹地照抄民间经济研究所前景预测的时候，对那些他是被派来监察的传言充耳不闻的时候，他一直在焦灼地等待物业经理的电话。可是一直没有等来对方的消息，他甚至怀疑自己是否留错了手机号码。

留下手机号码的两天后，孔在公司给物业经理打了电话。他从裤袋里掏出物业缴费通知单，核对电话号码后打了过去。信号音响了一会儿，才传来熟悉的细弱声音。

"我是205号住户。"

物业经理没有回应。

"打听过了吗？"

"是的。"

爽快的回答让孔火冒三丈。

"你不是说问完就联系我吗？"

孔追责般地询问，物业经理仍旧一声不吭。孔的工位隔板之外的世界也安静了下来。沙沙的动静、敲打键盘声、翻纸声不约而同地停止了，原本就对孔敬而远之或者因为传言忌惮孔的同事们,都停下了手里的动作。孔突然后悔不该为了省那点钱用办公室的电话联系物业,随即用手捂住了嘴和听筒。

"是谁决定的?"

孔压低声音问道。

"据说是单元决定的。"

"单元?"

"就是各单元的业主代表。"

"他们几个怎么能私下决定呢?"

孔仍压低嗓音追问道。他怕社区并不把他的抗议当回事,却又无可奈何。物业经理又没声儿了。比起单元负责人的擅自决定,身为受害者却要像罪人一样敛声屏气,这更让孔怒火中烧。离下班只剩一个小时,却还是忍不住打去电话,孔越发痛恨自己了。

"我们单元的业主代表是谁?"

听筒那边沙沙作响,持续传来打开抽屉的声音、翻抽屉的声音、取出什么东西的声音、关抽屉的声音。

"是303号。"

不出所料,物业经理又一次径自挂断了电话。孔长叹一口气，掏出烟从工位上站起来。隔板外的视线不约而同地四下分散了。孔捧着个人办公物品从总公司出来的时候也是这种状况。对于孔为何突然被调到地方工作，公司里充满了各种猜测和流言，却从没有人当面问过他。

孔下班后直接去找本单元的业主代表。电梯一直停在顶层，孔只好走楼梯。按下门铃，一个满头蓬松鬈发的中年女人出现在门口。他礼貌地做了自我介绍，询问对方是不是本单元的业主代表。女人上上下下仔细地打量他，好像她是不是业主代表，取决于孔的穿着打扮一样。女人无礼的目光让孔心生不快，但他仍旧耐着性子等她回答。把孔从头到脚打量一番后，女人才给出肯定的答复，并问他有什么事。孔恭敬地问女人，小区决定每家每户都一起平摊电梯更换费用时，你是否在场呢？如果在场的话，你投了赞成票吗？女人又开始盯着孔的嘴巴，好像问题的答案写在他嘴上一样，随即反问孔有什么事。一副一言不合就要关上门的架势。孔告诉她，自己并不使用电梯，现在却要一起分摊更换电梯的费用……不知为何这番陈述听起来更像诉苦,正因为如此,孔感觉自己的处境更加憋屈,所以实际上陈述逐渐近乎诉苦。对孔诉苦般的陈述,不,是陈述般的诉苦,女人只甩了一句"不知道"。孔感到很困惑。难道是前任物业经理撒了谎?他何必编造这种不堪一击的谎言?孔百思不得其解。

孔一溜烟冲回家,再次拨通物业管理室的电话。信号音响起,他顿时口干舌燥,竟然感到一丝莫名的紧张。

"单元业主代表说,对这件事闻所未闻。到底是谁做的决定?"

孔的音量拔高了几度。奇怪的是,比起那个编造谎言的罪魁祸首,孔觉得这个传话的物业经理更让他恼火,可是斥责他又有什么用呢?确实不是他决定的事。孔使出浑身解数来克制自己的情绪。而孔的所有克制、理解和体贴,都没能打动这位物业经理。就好像电话线那边立着一堵密不透风的墙。

"喂?"

"嗯。"

墙虽然不高，却顽强地彰显着自己的存在。比起盘踞在墙外的谎言，墙本身的顽固不化才让他窒息。物业经理又不说话了。虽然他已经不是第一次闭口不语了，孔仍然感到莫名的反感。那天部长硬塞给他"当车费"的钱，令他辗转反侧难以入眠的夜晚也是这种心情。平日里形同路人的部长，跟一位委托研究项目的教授吃晚饭时，忽然要带着他，当时就感觉不对劲了。这位部长是单位一把手带来的人，从来不会随便叫人参加用法人信用卡结账的活动。所以被叫去参加活动的人，都是被视为一把手的人，因而被大家叫作"法人"。其他人就成了"无法人"。"无法人"愤慨"法人"的专横霸道，也有人自嘲为"无法者"。虽然孔也是"无法人"，却不属于自嘲为"无法者"的人群。世上没有免费的午餐，不是非要经历过才能明白这个道理。孔觉得"万年雪"一词听起来有种优雅感，所以也不觉得"万年科长"这个绰号有多讨厌。

"其他住户都没说什么吗？"

"是的。"

物业经理一反常态，回答迅速。

"一楼的住户也是吗?"

"他们什么也没说。"

孔感觉撞到了一堵墙。

"真的吗?"

"您是说我在说谎?"

物业经理的话里夹杂着怒气。

物业经理居然也会提高嗓门说话,孔很惊讶。旋即为自己竟然会因为理所当然的事惊讶而又惊讶了一次。尤其令人吃惊的是,听到他脱口而出"说谎"一词时,孔忽然对他心生疑虑。对于更换电梯问题,物业经理到底是什么立场呢?说他对这件事没有意见呢,他却说要问前任经理。说他对这件事有意见呢,他接电话的态度又不像。如果说物业经理的沉默是一堵墙的话,孔无法揣测自己是在墙内还是墙外。

直到这时他才明白为什么会反感物业经理的沉默。原本以为他是一只蜥蜴,不料他却是一只蝙蝠。长着翅膀的老鼠啊。物业经理没准儿正倒挂在漆黑的物业办公室天花板上呢。这种联想让人感觉不快,却又一发不可收拾。他如同骑上了一辆名为"蝙蝠"的想象中的独轮自行车，为了不摔倒，只能不停地蹬车轮。

"我不是那个意思。连一楼的居民都没有意见，这不是太奇怪了吗？"

孔十分郁闷。就像公司莫名其妙的人事调动，让孔的脑海里不停地浮现那天晚餐的场景。一晚上都喝着高级红酒，部长对他一直很亲切。参加晚宴的教授承接了"劳动市场的灵活性和生产性关联研究"的课题。部长拍着孔的肩膀吵嚷道："只有劳动市场有灵活度，才能先发制人地应对全球经济危机啊。"部长摇摇晃晃地走向收银台时也紧紧地拉着孔的手。部长从西餐厅前堂经理手中接过法人信用卡时，孔的醉意一下子消失了。发票里夹着两张五万元的纸币。动作像找零钱一样娴熟自然，显然不是头一回了。部长把其中一张硬塞进孔的裤袋，让他打车回家。孔猛地回过神，从口袋里掏出钞票跟了过去，但是部长已经坐上出租车了。部长隔着车窗无言地望着追上来的孔，似乎在说，这有什么问题吗？接着他看到孔手里的钞票，昏暗中一只眼睛微微挤了一下，看起来又像使了一个眼色。

可问题根本就不是钱，而是憋屈。只要有人对他说一句"你的确很冤啊",管它是电梯还是升降机,他都会一咬牙,不,会心甘情愿地支付更换费用。可是物业经理却总是爱答不理,让孔感受到一种侮辱,就好像他对物业经理的诉求遭到了蔑视。眉毛最先对蔑视做出了反应。一侧眉尾上挑,眼睛、鼻子、嘴巴也接连做出反应。一只眼睛像要跳出来一般瞪大,一侧鼻孔抽搐,一侧嘴角颤巍巍地上扬。

"这得问一楼的住户了。"

物业经理不情不愿地回了一句。

孔扭曲的五官像触电般颤抖着,大脑一片空白。被漂白的大脑渐渐地冷静下来。仿佛走出温泉热池立即坐进冷水池,身体在一种冰冷、狡诈的残忍中紧缩起来。冷水池紧绷的水压让他听到了真相发出的冰冷呼喊。真相就在物业经理这堵墙的另一面。

孔抢先于物业经理之前挂断了电话。原本一腔怒火,因为展示了这份果断,似乎痛快了一些。回过头一想,孔先挂掉电话似乎还是头一回。他顺势打开电脑开始写诉求信。虽然写东西对他来说是小菜一碟,但还是聚精会神地往下写,格外留意拼写是否有误。

孔带着打印好的诉求信，从 203 号开始按门铃。

孔带着辛苦三天的成果来到物业管理室。诉求信上只有 203 号的签名栏空着。这家的物业缴费通知单和其他邮件都原封不动地插在信箱里，估计出远门了。没拿到所有人的签名虽然有点可惜，但是缴费截止日期快到了，不能再拖了。整栋楼里不知道要交更换电梯费用的人和犹豫着交不交的人，一共有十五家住户签了名。虽然大伙儿的反应各不相同，不过共同点就是大家都不知道是谁、如何决定所有楼层住户分摊电梯更换费的事。巧合的是，孔拜访的住户里没有单元业主代表。单元业主代表一起商议决定的这个说法，不知道是不是真的。如果是真的，那么就是 303 号在撒谎，不过现在已经无所谓了。因为这封诉求信已经记录了十五家住户的共识。

孔也曾把他的想法郑重地装入信封交给部长。无功不受禄，突如其来的钱让孔忐忑不安。把钱还回去，部长会不会不高兴？或者写封信放在里面，就说您的好意我心领了？应该当场还给他。胸口仿佛有一块沉甸甸的砖头，压得他难以入睡。第二天，孔把装着五万元的信封夹在审批文件里，搁在了部长的办公桌上。

屋里没人回答，孔听到里面有动静，便推门而入。物业办公室出乎意料地宽敞明亮。屋里两位头发花白的老人正面对面坐在沙发上，眼睛紧盯着茶几上的象棋。两位老人同时抬头扫了一眼孔，又扭头把视线放到棋盘上。

"我来找物业经理。"孔捏了捏诉求信。

"他去吃晚饭了。"戴着老花镜的老人头也不抬地答道。

"他什么时候回来呢？"

"那就不清楚了，有事吗？"老人的语气里夹着不耐烦。

"我有东西要给他。"

"放那儿就行。"

戴着老花镜的老人扬起下巴指了一下朝墙放置的桌子。

孔把装有业主签名文件的信封放在桌子上就离开了。暗暗期待至此就能解决分摊换电梯费用的问题。

孔的期待又落空了，物业经理那边没有任何反应。第三天，孔在工作时间几次拿起话筒又撂下了。不知为什么，同事们对他的态度都变得拘谨和生疏了。就好像大家觉得他想打探什么情况一样，不仅不再跟他搭话，连他的视线都要回避。想要消除误会，首先得弄清真相，可是孔也不清楚为什么忽然接到调令。没有人明确地告诉过他。人事部的职员也只说是正常轮岗。孔不是完全没有预感。他还给部长的五万元钞票令他忐忑不安。收到调任通知之后，他才偶然发现装钞票的信封上写着两个汉字"赙仪"。又没法当面问部长。部长只要说一句"没有啊"就行了，而他很可能沦为大笑柄。孔也不愿意相信。为了这点儿小事不至于吧。所以他并没有跟妻子透露信封的事。妻子原本站在他这边说调任地方太不应该了，却在提到搬家时变了脸。她的意思是要照顾孩子，没办法搬到地方去住。孩子都是大学生了有什么好照顾的？话到嘴边又咽回去了。妻子的嘴角微微上扬，感觉像在嘲笑他。

物业经理至今杳无音信，肯定是事情进展不顺利。孔可以到办公室外面用手机打电话，但是他担心一通上电话，就想立刻狂奔到物业管理室去。

下了班走出办公室，孔立马用手机给物业管理室打了电话。大街上的噪声让物业经理原本细弱的声音更加含混不清了。

"我是205号住户。您看过签名诉求信了吗？"

"看了。"

"然后呢？"

"召开了业主大会，但出席人数不达标，大会无效。"

"什么时候召开的业主大会？"

"昨天晚上。"

"我没有接到通知啊！"

"我们广播通知了，还贴了通知单。"

"什么时候广播的？"

"白天广播了好几次。"

"白天上班的人听不到广播啊！"

"晚上广播的话会被投诉扰民。"

听他这么一说，才发觉这段时间早上晚上的确很安静。

"通知单我也没见过。"

"您的意思是我在撒谎吗？"物业经理忽然提高了嗓门。

"稍等一下，公交车来了，我等下再联系您。"

孔挂断了电话。不是能在电话里说清楚的事，必须当面说清才行。一开始就该这么做的。回家的公交车停在面前，但他拦下了后面一辆出租车。他的心已经飞到物业管理室了。说什么因为怕扰民所以只在白天广播通知，偏要跟我对着干是吧？孔急忙钻进出租车，咬紧了嘴唇。

孔咬着嘴唇敲响了物业管理室的门。屋里没有任何反应。他又敲了敲，还是无人应答。孔轻轻一推，门就开了。跟上次不同，办公室里一片幽暗。顶灯已经熄灭，只有桌上的台灯还亮着。

物业经理身着制服戴着帽子坐在办公桌前，庞大的体形衬得椅子像个玩具。熊一样壮实的后背另一头隐隐传来"咔嚓咔嚓"和"吧唧吧唧"的声音。

"经理？"

孔的声音回荡在昏暗里。或许是因为四周黑暗，声音好像是从四面墙壁上反弹回来的。

物业经理转过头。跟纤弱的声音相反,他长着一张扁圆而肥厚的脸和短粗的脖子。或许是被突然冒出来的陌生人吓了一跳,物业经理瞪大眼睛愣愣地望着孔。他可能鼻子有问题,一直咧着嘴巴。物业经理伸出舌头舔了舔干燥的下嘴唇,舌尖上有块蓝斑若隐若现。蓝斑引起了他的注意,但是物业经理挡住了台灯光线,直勾勾地盯着他,他无法分辨蓝斑到底是什么。

"我是205号的住户。"

物业经理从抽屉里抽出文件递给孔,是居民大会的出席名单。出席签到栏上的签名似乎还不到四分之一。一楼和二楼的情况也差不多。孔的脸一下涨红了。他感受到某种侮辱,因为不清楚罪魁祸首到底是谁,羞辱感反而更强烈了。

"难道不是因为会开得太匆忙了吗?"

"因为明天就是缴费截止日期了。"

虽然声音依旧细弱,但是跟广播和电话里的声音不同,话尾不会被吞掉,发音也不含混了。让人怀疑不是在跟同一个人谈话。

"重新召开一次吧。"

"不行。"

"为什么?"

"我说了明天缴费就截止了。"

"推迟一下不就行了。"

"不行,要交定金给电梯公司。"

"让他们体谅一下不行吗?"

"不行。"

"为什么?"

"我不是说了因为明天缴费就截止吗?"

孔的脸扭曲起来,他感觉四周的墙壁不断挤压过来。

"不是升降仪是升降机!"孔像要立即挥拳狠揍那堵纹丝不动的墙壁一样大吼。

"啊?"

物业经理吃惊地瞪着孔。孔也同样吓了一跳。这是一时冲动怒吼的话,但已经是泼出去的水了。孔从裤兜里掏出物业缴费通知单推到物业经理面前。物业经理微微伸着舌头端详着物业缴费通知单,这下孔可以随心所欲地打量他的舌头了。舌尖上那块蓝斑,原来是一张邮票。一张画着不知是丹顶鹤还是白鹤的邮票。他的办公桌上堆满了信封。

物业经理紧闭嘴巴,只有眼睛滴溜溜地转。孔怕他吞下邮票,不由得胸口一紧。

"你有证据证明自己不使用升降机吗?"

物业经理说到升降机的"机"字时加重了读音。

"什么?"

孔怀疑自己的耳朵出了问题。已经瞪大的一只眼睛像要迸出来一般瞪得更大了。孔竭尽全力克制想要揪住物业经理衣领的冲动。他想撑回去,却莫名其妙地失语了。他抽搐着鼻子,狠狠地盯着物业经理。对方却一脸"你还有事吗?"的表情,气得他五官扭曲、面色铁青。孔想把立在面前的墙壁砸得稀烂,这堵蛮不讲理的墙。

"拿出证据就行了吗?"

孔一把抢回缴费通知单,冲出物业管理室径直回了家。要拿出不用电梯的证据?要跟我杠到底是吧?

孔一到家便马上写好了文件。内容大致是"确定从未在电梯里见过孔",并附上签名表。孔带着打印好的文件走出家门，即将把扭曲的世界拉回正轨的使命感使他的心熊熊燃烧起来。

他这次也是率先拜访了203号住户，但还是没人开门。看来是还在旅行吧。虽然开始不顺利，但他没有放弃，下到一楼。上次也只有203号没签名而已。至少能做到统一一致。业主大会因为出席率低而告吹，103号住户对此也颇为愤慨，咬牙切齿地签了名。

105号住户问孔，业主大会是什么时候召开的。

"昨天晚上。说是张贴了通知单。"

"没看到通知单啊。"

"说是还放了广播通知。"

"……"

"说是白天放了好几次。"

105号住户没有回应。现在孔对所有沉默都感到窒息。

"请签名……"孔递上文件。

"我和孩子他爸商量一下。"

"上次不是签了吗？"

"这次问题不一样。"

"您在电梯没有看到过我不是吗？"

"虽然确实是那样的。"

"那为什么不能签名呢？"

"我还是和孩子他爸商量一下好。我都没有见过通知单……儿子！儿子你见过吗？"

105号的女主人转身问道。一个黑黢黢的小男孩摇了摇头。他就是前几天在电梯里抠着鼻子盯着孔打量的那个孩子。

"看吧，他也没见过通知单呢。"

"好吧。"孔无力地转过身。

"您不上来吗？"一位穿西服的男人把住电梯门问道。

孔下意识地走向电梯时突然停住脚步。

"我不坐。"

孔看着电梯门缓缓合上，松了口气。"差点出大事了。"他又爬楼梯来到三楼。

303号只有孩子在家，没能得到签名。

按下305号门铃后，一位秃头爷爷抱着泰迪开了门。泰迪看起来像要冲着孔吼叫，却只发出吭哧吭哧的动静。

孔一五一十地说明了来意。

305号的老人愣愣地看了看孔，开了口：

"我说，小伙子，你知道为啥要切除这小家伙的声带吗？为了家人着想，就是生活在同一个屋檐下的一家人。现在电梯出现问题需要修理，而住在同一屋檐下的一家人却想坐视不理，这像话吗？"

"我懂您的意思，不过这不是一回事呀。"

"你知道切除了它的声带我有多后悔吗？现在我还梦想着搬去独栋住宅。我家老婆子一直唠叨着要住田园住宅……如果早知道老婆子会走得那么突然，我就应该把它的叫声录下来的。"

305号摸了摸泰迪的脑袋，红了眼眶。

孔攥着文件的手缓缓垂下了，他逃跑似的爬上了四楼。

在四楼也没有什么收获。403号住户不在家，405号住户说要问一下家人才能签字，让孔午夜再来。孔想了想人家说得也没错，只好转身离开。

来到五楼，孔已经身心俱疲了。极度的疲惫压制他的肩膀，拖拽他的脚踝。只有一户签名，令孔灰心丧气。本想今天就先到这里，想到明天就是缴费截止日，今晚一定要全部拜访完才行。张贴了通知单？简直是一派胡言。楼道的任何地方都没见到通知单。孔重新燃起了对物业经理的怒火，咬牙切齿地爬上了楼梯。

在十二楼时发生了意外状况。1203号的女人在孔说明的过程中始终抱着胳膊，孔话音刚落她就大叫起来。

"大叔，如果楼市下跌了，你来承担责任吗？"

"这跟楼市有什么关系？"

面对孔的反驳，1203号的女人眼睛都没眨一下。

"如果老旧电梯发生事故，出了人命，这个责任你来承担吗？"

"这话说得过分了吧。我没说不让换电梯吧？"

"只想自己过舒坦日子，要大家签名，您这种行为才过分吧？"

"我不是为了钱才这样的。您觉得让不坐电梯的人支付电梯更换费这合理吗？"

"那点钱我来帮你付，别再没事找事了，老老实实地待着吧。"

"什么?"孔提高了嗓门。

就在这时,一个只穿着内衣的男人冲出来,推了孔一把,冲他大喊道:

"都说了不愿意,怎么还胡搅蛮缠啊?"

孔没有畏缩,质问对方凭什么推他。男人掐住孔的脖子,作势要一拳打过来。

"打啊,有本事你打我啊!"孔伸出下巴喊道。

男人像磨刀石般冰冷的眼珠里火花四溅。女人哭喊着抱住男人的小臂嚷嚷:"孩子他爸不能这样!年初刚发过的誓咋就忘了呢?"男人的怒火才渐渐熄灭。即便如此,男人仍然喘着粗气,不肯放开孔的脖子。孔的脸色已经发青了,女人吓得脸色惨白,拼命拉扯男人。

孔被男人一把推出去,一屁股坐在地上。他听到 1203 号的门砰的一声关上了。孔察觉到投向自己的目光,抬起头,躲在 1205 号门缝后面偷看的中年女人,慌忙关上了门。像被意外击倒的拳击手一样,孔一边猛地站起来,一边叹息,1205 号也没希望了。

奇怪的是,遭到如此粗鲁的对待孔也没有生气。摔倒后又站起来，他的内心反而平静下来，开始反省自己到底在干什么，即便如此也不能放弃。孔握紧了拿着签名纸的手。他就像重振旗鼓的拳击手，调整呼吸，活动活动脖子、肩膀和腿。虽然有点僵硬，但问题不大。孔重新走上楼梯。

1303号房没有应答，1305号房门都没打开，让孔在门外说明来意，对方回了一句"在忙"，连脸都不露一下，就让他过后再来。孔已经感觉不到失望了，他只感到疲惫不堪。他喘了口气又开始爬楼。幸运的是只剩两层了。

走到通往十四楼的平台时，孔突然惨叫一声跌坐在地上。一条小腿肚一阵抽搐，筋腱撕裂般剧烈疼痛起来。他用双手揉捏着小腿。他疯狂揉捏小腿，嘴里迸发出连连呻吟。他急忙用圆珠笔戳刺小腿一下，疼痛似乎缓解了，但效果只维持了一瞬间。他又用圆珠笔用力地戳了一下小腿。每当疼痛发作时就用力戳一下。额头上冒出了冷汗。汗水流下来刺痛了双眼。比起小腿的疼痛，眼睛的刺痛更令他难过。比起眼睛的刺痛感，掉落在地上空旷的签名纸更让他难过。爬了十三层，也只有三户签了名。他的体力似乎已经耗尽了,甚至不想捡起掉在脚边的签名纸。他连抬起头的力气都没了。他把头埋在膝盖上。

叮!

孔听到下面传来的声响,抬起头望去。电梯门打开了,里面没有人。他茫然地看着空荡荡的电梯。破旧磨损的地面,斑斑驳驳甚至开裂的镜子,裂痕上还贴着黄色胶带。这部老旧的电梯没什么特别之处,孔却被一种似曾相识的感觉吸引。

有证据证明自己不使用电梯吗?物业经理细弱的声音在耳边回响。真的从来没有搭乘过电梯吗?一次都没有吗?有没有哪次没注意或者无意中乘坐过呢?孔用仅剩的力气努力回忆。就像乘坐过电梯的记忆是他最后的救命稻草一样,他拼命调动每一根神经。

孔凝视着电梯。如果电梯从眼前消失,似乎就可以结束荒诞不经的行为了。13,电梯上的数字映入眼帘。他从前也住在十三楼。

他瞬间皱起眉头。记忆深处有什么东西慢慢浮现出来。十楼,十一楼,十二楼,十三楼。叮!电梯门开了。

摇摇晃晃地走出电梯的人正是喝得烂醉的孔。调任到地方，刚搬过来没几天，同事们给他接风洗尘，几杯酒下肚，他就找不到北了。醉醺醺地乘电梯到十三楼来了吗？应该是上来过。应该是。按了别人家的电子锁还嘟囔着老婆是不是又把密码给换了？应该是嘟囔了。应该是。坐在楼梯上把头埋在膝盖上打瞌睡了吗？应该是打了。应该是。所以，那就肯定没错了。他用力地点了点头。

电梯还那样停在那里。孔呻吟一声，站起来，一瘸一拐地走下楼梯。不只是脸，他的整个身体都扭曲了。歪扭着身体下楼梯很吃力。走向电梯后步子轻松多了，越走近电梯脚步就越轻松，走上电梯后他的身体就完全恢复正常了。

孔按下二楼按键，电梯毫无反应，他这才意识到电梯不在二楼停，于是想着要不要按一楼。最后还是按下了三楼。一想到爬楼梯就觉得腻歪透了。电梯门吱吱嘎嘎地合上了。上面贴着什么东西。是业主大会的通知单。

召开业主大会商议分摊电梯更换费问题。

电梯吱吱嘎嘎地开始下降。生锈的滑轮和旧钢缆虽然发出尖锐刺耳的噪声,但电梯还是下降了。孔高高扬起一侧的眉毛和嘴角也随着电梯的运行松弛下来。压在心脏上的某种重负似乎也在消失。电梯终于停在了三楼,他的脸上完全恢复了平静。

走出电梯时,他的表情无比轻松。

第九个

아홉번째

아
孩子 이

金上士是最后一个见过失踪儿童的人。他是那个孩子上美术培训班的校车司机。准确来说，是一辆九座面包车。面包车的侧身还粘了一个铝制架子，可以用来卡住广告牌。广告牌有三块。梦想乐园儿童之家、毕加索美术培训班、象牙塔培训班。那个孩子是金上士"运送"的二十六个孩子之一，也是接送到美术培训班的九个孩子之一。

警方指认金上士是最后一名目击证人。孩子失踪的第三天早晨，金上士被叫到美术培训班院长办公室。叫他来的不是院长，而是刑警。刑警是个乳臭未干的毛头小子。

刑警迅速出示证件，微笑着与他握手。美国式寒暄。

美国佬总是对任何人都笑着伸出手。不管是对小孩儿，还是对老头儿。阿肯色州、新泽西州、得克萨斯州来的美国佬都是如此。握完手，就从口袋里掏点什么东西。小孩儿的话就给巧克力，老头儿的话就递一根香烟。有时也会反过来接受馈赠，只是很少见。美国佬的口袋总是鼓鼓囊囊的。无论是来自阿肯色州的美国佬，或是来自新泽西州的美国佬，还是来自得克萨斯州的美国佬，他们的口袋都鼓鼓囊囊的，甚至被子弹击中头部的美国佬的口袋也是如此。金上士在裤子上快速擦了擦手，便握住了刑警的手。

院长告诉他，失踪的孩子至今没有消息。刑警也提醒说，他是最后见到孩子的目击者。

"啊！"

金上士长叹一声。说不清是对院长的话还是对刑警的话产生了这种反应。院长办公室里充斥着令人窒息的沉默。像是出于对失踪儿童的一种礼节，所有人都板着脸。

院长打破了沉默。他提到了孩子的名字，金上士以前从没有听到过。看到刑警展示的照片，也不太确定。

说是小学一年级的小女孩。他负责接送的孩子，他连一个名字都叫不出来。对于金上士来说，重要的不是名字，而是停车的地点和上下车孩子的数量。他也没有信心从外貌上分辨孩子们。这个年龄段的孩子一天一个模样。孩子的灵魂不就是海绵吗？他们的脸上不仅留有父母扰梦后的担忧，还有昨晚梦境的痕迹。如果是噩梦就更明显了。

照片中的孩子穿着紫色雪纺衬衫。金上士之所以能记住照片中的孩子，是因为她衣服的颜色。她只穿紫色的衣服。如果是这个孩子的话，那她肯定是最后一个下车的。转完公寓小区后，只剩下这个孩子呆呆地留在车里。

刑警要求详细描述当天的情况。金上士开始回忆起来。那天跟往常一样。下午六点整，他把车停在美术培训班门前，接上九个孩子，在附近小区转一圈，将规定人数的学生送到约定的地点。在小区里转完后，车里只剩下穿着紫色雪纺衬衫的孩子。在正在拆迁重建的胡同前的房地产中介前下了车。所以跟平时没什么两样。

"……孩子下车的时间是下午六点二十五分。"

"没有什么异常的地方吗?"刑警问道。

"异常的地方?"

"就是和往常不一样的地方。"

刑警的口中喷出一股烟味儿。金上士突然想抽烟了。金上士的肺前年长了恶性肿瘤,切除了一部分肺。说是枯叶剂后遗症,二噁英[1]还是什么的。除草剂跟肺部肿瘤能有什么关系啊。再说那都是什么时候的事儿了。美国佬的飞机喷洒除草的药剂时,天空就像云雾缭绕一般灰蒙蒙的。就像小屁孩儿的时候追着消毒车跑一样,他们专门从喷洒药剂的下方走。因为这里的虫子和蚊子都绝迹了。问医生能不能抽烟,医生说,估计得躺在棺材里抽了。

从去年开始肝脏也亮起了红灯。肝脏渐渐硬化,除了移植新肝脏别无他法。还是因为枯叶剂。除草的药剂导致肝脏像石头一样坚硬,这一说法也让人难以接受。每顿饭都要吞下一把药丸。每当这时,他就感觉体内的草又被拔掉了一把。

---

[1] 二噁英,系一类剧毒物质,其毒性相当于人们熟知的剧毒物质氰化物的130倍、砒霜的900倍,有极强的致癌性。

"我也不清楚啊。"金上士喃喃自语。

刑警的脸上掠过失望的神色。

"你确定她下了车吗?"刑警皱着眉头问。

金上士仍然非常渴望抽烟。应该是从戒烟之后,脑子里好像蒙上了一层雾。总是有这种感觉。他觉得只要抽上一口,脑袋就会清醒。就一口。

在经常下车的房地产中介门前下的车。

"房地产中介的店名是什么?"

金上士说出店名后,刑警记在笔记本上。

"如果又想起什么,请随时联系我。"刑警递上名片说。

还是美国式的。金上士喜欢看的犯罪刑侦剧里,美国刑警总爱这样说话。

"当然。"

金上士的回答也是美国式。

第二天,金上士照例在下午六点整,准时把车停在毕加索美术培训班门前。五分钟后,孩子们也陆陆续续地从门口涌出来。正准备启动车的一瞬间,突然有人冲上来。金上士神经质地摘掉墨镜。是刑警。

一打开车门,刑警就坐到了副驾驶位上。

"有什么事吗?"金上士眨着眼问。

"有件事想找你确认一下。"

"什么事?"

"先出发吧。"

金上士重新戴好墨镜,踩下油门。

每当有孩子下车时,刑警都在笔记本上记录下什么。

"以前也有家长来接吗?"刑警问。

金上士回过头看了看车窗外,一位年轻的女士抚摩男孩儿的头,接过他的书包。

"没有啊。"

刑警又在笔记本上做记录。

金上士开车出发了,绕着公寓小区,在约定的地点让规定人数的孩子下车。孩子下车的地方都有大人来接。第八个孩子也不例外。从后视镜里能看到第八个孩子呆呆地望着车尾。

校车驶离公寓小区,下一个停车的地方便是热火朝天地进行拆迁重建中的棚户区入口,一家房地产中介门前。金上士没有听到开车门的声音,回头看了看。后座空无一人。他便从车窗探出头,吐了口痰。

"时间很准确啊。您为什么两个手腕都戴着手表呢?"刑警问。

"右边快五分钟,左边慢五分钟。心里放松时就看右手,着急时就看左手。那样的话总能准时到达。遵守时间和其他事情一样,也是精气神问题。精气神。美国佬能精准守时可不是因为手表好。"

"那天送完孩子,您在哪儿、做了什么?"

"我回家吃完晚饭,看了会儿电视,晚上九点半从家里出来,开车去象牙塔培训班。跟往常一样。"

"在家里是和家人在一起吗?"

"我一个人住。你现在是在怀疑我吗?"

"不是,我只是不想放过任何线索。"

"如果你不相信,去问那个房地产中介不就行了吗?"

金上士跳下车,粗鲁地拽了一下房地产中介的门把手。门纹丝未动。玻璃窗上贴着一张纸:店铺出租。

金上士吐了口痰。事情有些棘手了。房地产中介什么时候关门的?为什么偏偏最后下车的孩子失踪不见了呢？还偏偏是从我的车上下车后失踪的。这难道不是天意弄人吗？

这么看来，那天一大早就有倒霉的征兆了。一只轮胎瘪了，上面有明显的割痕。肯定是那个家伙干的。那个家伙不知道从什么时候开始，就在我周围晃来晃去，只要那个家伙一出现，肯定会出岔子。不对，是一有岔子，那个家伙必定准时出现。无论是晾在墙上的毯子被扔在地上，他还咂舌的时候，还是"队长"（一只老黄狗）的腿摔断的时候。

一声不吭就挂断电话，难道真是他干的吗？应该是的。电话那头只传来呼哧呼哧的喘气声。无论怎样大声质问你是谁，电话那头始终默不作声。

以为是哪个疯子的恶作剧，对方的挑衅倒是十分执着。两个月前，半夜响起哗啦啦的声音，一块砖头飞进了房间。立即冲出去察看时，发现胡同拐角处的电线杆后面，有个穿登山服的男子朝这边窥视。登山帽檐下的阴影里的目光闪闪发亮，令人毛骨悚然。天哪！就是那个家伙。就是那个把毯子扔在地上还咂舌的小年轻，也是把断腿的"队长"抱回来的那个人。每次他都穿着登山服,还以为他是去小区后山打山泉水的路人。目光对视后,那家伙做出用手抹脖子的动作,然后悄悄后退。"给我站住!"金上士大喝一声追了过去,那家伙却消失在黑暗里。那片黑暗如环抱着地雷一般环绕着空房子。收拾完碎玻璃,准备躺下睡觉时,那家伙的眼神还是历历在目。目光像警灯一样充满威胁地闪烁,瞳孔里燃烧着愤怒。

无论怎么苦苦回忆,金上士还是想不起这个人。他肯定是搞错对象了。自从打碎玻璃逃跑后,那家伙就沉寂了。以为那家伙终于找着了仇人。如果用扔毯子、打断年迈老狗的腿、打碎窗玻璃一类手段就能消气的话,金上士并不想知道他为何愤怒。只是好奇他怎么会认错人而已。

难道,六天前的电话也是他打的?电话一接通,对方说:"你不会忘了吧?"那是一种像挤压声带般的嘶叫声。这就是全部了。

孩子失踪也有可能是那家伙干的。这种疑惑闪过脑海之际,金上士打了个寒战。不是完全不可能发生的事。

一开始只是打电话骚扰，还把晾晒的毯子扔到地上，又弄断了"队长"的腿，半夜扔石头打碎窗玻璃，甚至躲在电线杆后面打手势，似乎想告诉我都是他干的。怀疑逐渐变成了肯定。那段时间看似寂静，其实是悄无声息地潜伏，准备了重重一击。割轮胎就是一种警告。可是疑惑并没有解开。不，反而更大了。那家伙到底是谁？为什么要这样对我？

金上士看了看戴在左手腕上的手表。五分钟前的世界，怀疑那家伙拐走孩子之前的世界就在那儿。毯子是毯子，狗是狗，玻璃窗是玻璃窗的世界。金上士解开手表塞进裤兜里。现在，毯子是复仇，狗也是复仇，玻璃窗也是复仇。美国佬的枯叶剂都拔不掉越南的丛林，教给我们的唯一教训就是世界即丛林。弱肉强食，不能坐以待毙。面对枪林弹雨一味坐以待毙的话，很容易被打成马蜂窝。现在是时候攒足劲儿冲出战壕了。

金上士很想跟刑警谈谈那家伙的事，却感觉无法轻易说出口。毕竟只有心证[1]，没有物证。尤其他没有想明白为什么会结怨，还是不惜为此诱拐儿童进行报复的深仇大恨。

"那天直接回家了吧？"刑警问。

"没错。"

"按照那天的路线，再走一遍吧。"

"你要跟我一起回家吗？"

"是的。"

"你不相信我说的话？"

"不是的。如果重演当时的情景，你或许能想起一些已经忘记的东西。"

金上士向车窗外吐了口痰，开车出发了。金上士的家就在失踪孩子的隔壁小区。

"好多空房子啊。"

当车驶入一段狭窄的坡道时，刑警说。

---

[1] 心证：法律用语。又称自由心证。一切诉讼证据的取舍和证明力的大小，法律预先不作规定，而由法官、陪审员根据内心确信进行自由判断。通过对证据的审查判断所形成的内心确信，称为心证。

胡同里到处胡乱堆着废弃的家具。随处可见坍塌了一半的房子。墙上到处都有用红色油漆画的叉号,还有粗俗不堪的凌乱涂鸦。

"拆迁重建就要开始了。我也得赶紧搬走……空房子那么多,到处都是可疑的家伙。脑袋上的血都还没干的小家伙们成群结队地乱窜,不知道每天晚上都在干些什么勾当。白天进去看的话,到处都是酒瓶子和丁烷气罐。国家要变成什么样子呢?刑警先生,你知道南越为什么会战败吗?还不是精气神太弱。就算有世界最强的美国佬帮忙又有什么用?那时候给南越军队提供最新式的迫击炮,第二天它就落在北越手里,这场战争怎么可能打得赢呢?"

"店铺也都关门了,完全不知道谁进谁出。那天有人看到你回家吗?"

"没人。如你所见,这里空荡荡的。"金上士板着脸回答。

金上士住在多户联排的半地下室,一打开门,黄狗摇着尾巴朝金上士扑来,然后向刑警汪汪地叫。金上士抚摩着黄狗的头,在它耳边低声说了些什么,它顿时就安静了下来。

"狗的腿瘸了啊。"刑警说道。

"骨折了。"金上士皱着眉头说。

"怎么弄的?"

"对了!你不是说渴了吗?"

金上士打开冰箱。饮料隔层里,满满当当都是烧酒瓶。金上士取出烧酒瓶中间的水瓶,倒了杯水给刑警喝,然后从洗菜池上方的架子上取下狗粮,倒入塑料碗放在地上。刑警喝完水,扫视了一下房间。

"房间很干净啊!"

"整理房间也是精气神的问题。"

"我可以参观一下吗?"

还没等金上士回答,刑警就已经朝卧室走去了。金上士欲言又止,只好跟了过去。

刑警把房间里的每个角落都翻了个遍。无论是衣柜、抽屉柜、文件柜,还是有把手的东西,都通通拉了出来。

"你起码得拿张搜查令来不是吗?"金上士气愤地

怒斥道。

"我只是想知道你是怎么生活的。我爸爸也是一个人在老家生活……那个箱子里装的是什么啊？"

"那是……"

刑警无意间打开一个纸盒，从盒子里拎出一件儿童连衣裙。紫色的连衣裙。刑警的目光立马警觉起来。

"那是给我外孙女买的。"金上士的语速加快了。

"上面写着收货人地址不详。"

"我女儿好像搬家了。"

"你不知道新住址吗？"

"不知道。"

"打电话问问不就行了吗？"

"她把电话号码也换了。"

"还是紫色的呢。"

"她喜欢的颜色。"金上士气愤地反驳道。

刑警仔细查看了连衣裙。突然涌上来的愤怒让金上士火冒三丈。刑警在卧室里翻来翻去，他很愤怒，因为刑警好像在怀疑自己。他下意识地开口道：

"那天早上的确有件怪事。"

金上士把那家伙所有的事情都告诉了刑警。说话的时候一直努力压抑着兴奋。

"拐卖孩子只是为了让老人陷入困境?"刑警很无语。

"如果你看到那家伙的眼神,就不会这么说了。他的眼神让我觉得他什么事情都做得出来。"金上士提高了嗓门。

"那也不至于吧。"

金上士的脸涨得通红。

"不是说没人打电话索要赎金吗?"

"你怎么知道?"刑警惊慌地问。

"我听孩子们叽叽喳喳地说的。"

"孩子们?"

"就是美术培训班的孩子们啊。孩子们啥都知道。白天说话孩子听,夜里说话孩子也听,哪有不透风的墙啊。"

刑警表情僵硬,轻轻地咬着嘴唇,显得十分狼狈。金上士心里很痛快,感觉就像给了幼稚的刑警一记重拳。听孩子们叽叽喳喳说的也是假的。纯属猜测。要是有人打电话索要赎金，刑警就不会这么悠闲地乱翻无辜老人的衣柜了。

"肯定是那家伙干的。"金上士信心满满。

"扔毯子、弄断狗腿、打碎窗玻璃，这些事跟拐卖可不是一个级别的。"

"汽车轮胎也被割破了。"

"都一样。"

"那天我也见过他。"

"你是说事发当天？"刑警突然提高了声音。

"是的。从美术培训班出发的时候，他在后视镜里一闪而过。我停车跑过去，但早就不见了踪影。"

"您怎么现在才说？"

"刚开始我也觉得不会吧。就如刑警先生说的，打碎窗玻璃和拐卖完全是两回事。看来我这老头子活得太久了。我可不是为了见到这种世道才拼命和那些反动分子打仗的。反正我看清了那家伙的脸。我可以帮你们画肖像。如果你不相信我，可以调查通话记录什么的不是吗？就比如说，那通一句话不说就挂断的电话只打到了座机上。"

刑警神情凝重，过了一会儿开口说：

"看来是有深仇大恨吧？"

"什么意思？"

"如果不惜犯下拐卖罪进行报复的话，那可不是一般的仇恨吧。"

"你今年多大了？"

"为什么突然问年龄？"

"多大？"

"八〇年生的。"

"刑警先生还没出生，我就开车了，从来没领过一张罚单。我冒着生命危险去了越南，差点就得到花郎武功勋章[1]了。那时候你还没出生呢。还扯什么仇恨？"

"明天上午能来一趟警署吗？"

"为啥我要去警署？"

"不是说能帮我画肖像吗？"

"那当然了。"

---

1 武功勋章是韩国政府授予战时立下战功人员的奖章，按照等级高低，分为太极武功勋章、忠武武功勋章、乙支武功勋章、花郎武功勋章以及仁宪武功勋章五种。

晚饭用泡面对付了，看完职业棒球赛转播，金上士便起身前往象牙塔培训班。从送孩子们到各自的家门口，一直到回到自己家，他的脑海里一直在想那家伙是谁。那家伙到底是为什么？我做了什么招人恨的事吗？是因为教训了蹲在小区围墙下抽烟的小孩儿吗？是那小孩儿的爷爷吗？还是因为抓住了打人后逃跑的飞车党，交给警方的事儿？是那小子的爹吗？难道是那个坚称不能送一碗炸酱面，在电话里跟他吵起来的中餐馆老板吗？那个中餐馆叫什么来着？

金上士从冰箱里拿出烧酒，打开盖子，插上吸管喝了起来。黄狗舔着他的脚背哼哼唧唧。他把烧酒瓶放在餐桌上，解开了缠在黄狗前腿的绷带。绷带沾上了黄黄的脓水，颜色跟在他胸口沸腾的痰一样。枯草般的颜色。可能是狗上了年纪，伤口一直愈合得不好，总是发炎。金上士眼角噙着泪水，给狗涂上从宠物医院买来的药膏，换上新绷带。然后往塑料碗里倒上水，加了点烧酒，推到狗的鼻子前。

"'队长'也喝一杯吧。这样才能睡个好觉。"

第二天一早,金上士就去警察局帮忙画肖像。画肖像的是一位年轻的女巡警。不对,是用电脑在画。

"脸型是什么样的?"

"圆圆的。"

"是这样的吗?"

"下巴厚一点。"

"这种吗?"

"对。"

女巡警每次敲击键盘时,肖像就会长出头发,长出眼睛,还有鼻子。虽然挺奇妙的,但并不神奇。这种场景在美国犯罪刑侦剧里经常出现。韩国的警察也成了威风凛凛的美国式警察。

画像完成后,金上士满意地点了点头。绝对是那家伙。抓住他只是时间问题。

"很快就能知道他是谁了。"金上士两眼放光地说。

"什么?"

"不是有那个吗,就是电脑对嫌疑人的脸进行比对,然后显示他们身份的那个。"金上士指着电脑屏幕说。

"我还以为什么呢。老人家您是美剧看多了吧。现实中可没有这种技术。"女巡警扑哧一笑回答道。

"没有？"

"是的。"

"真的没有吗？"金上士的脸涨得通红。

"美剧才是个问题。"女巡警自言自语。

"美剧是什么？"

"美国电视剧呗。"

"意思是美国电视剧骗了我吗？"

"谁敢骗您呀？"

毛头刑警拿着打印好的人物画像说：

"大众脸啊。用这张画可咋找……"

女巡警与刑警对视后，耸了耸肩。

"先给派出所都发一份吧。"

向女巡警下达指示后，刑警把椅子拉到金上士面前坐了下来。

"我们调取了您过去三个月的通话记录，只有七条来电记录。"刑警一边说，一边把通话明细放在桌子上。

"因为大多数都打到了手机上。"

"通话时间超过十秒的三个电话都是民意调查机构。

在通话时间不超过十秒的四个电话里，有一个也来自民意调查机构，还有一个来自一名女中学生的手机号。民意调查机构打了很多电话啊。"

"因为当时是选举时期。"

"我怎么一次都没有接到过呢。总之，我跟民意调查机构确认过，他们说也有可能是 ARS 系统出现故障，所以听不到任何声音。女中学生说拨错了号码，所以就挂断了。"

"剩下的两个呢？"

"是公用电话。"

"两个都是？"

"是的。一个是首尔市内的一家医院，另一个在仁川。在仁川有什么关系吗？"

"我妹妹家倒是住那儿。"

"两个公用电话无法识别来电者的身份。而且也不能断定这个奇怪的电话一定是他打的。"刑警一边用手指轻轻敲打着画像，一边说。

金上士皱了皱眉。好像刑警的手指敲打在他的脸上一样。

"不管是公共电话还是什么，你都得仔细查查不是吗？你是光指望画像然后坐着等电话吗？"

这时，桌子上的电话响起来。刑警好像一直在等这个电话似的，立刻拎起话筒。聊了几句，索性把椅子拉到桌子前面去了。金上士只能看到刑警的后脑勺。女巡警敲打着键盘，鼻子都快扎到显示器上了。金上士在人物画像背面写下通话记录上的来电日期、时间、公用电话号码和位置，就从座位上站了起来。不能光指望警察了。他急切地想弄清画像的主人公是谁，到底为什么跟他玩这种鬼把戏。在美国犯罪刑侦剧里，目击者或者受害者不是也亲自去追查犯人吗？

把象牙塔培训班最后一个孩子送到家门口时，手表指针指向了二十二点三十五分。金上士把车停在附近的便利店前。肚子饿了。他走进便利店，拿了一个杯面放在柜台上。店员说了价格，他就从裤兜里掏出一沓钱。卷起来的千元纸币用黄色橡皮筋捆着。金上士解开橡皮筋，打开一捆钞票，递给店员一张。

金上士把杯面放在给顾客提供的桌板上，大口大口地吃起来。看到被黑暗笼罩的玻璃映出自己的脸，金上士吓得打了个寒战，垂下了头。他不知道自己有多久没照镜子了。他压根儿就很少照镜子。镜子是女人用的东西，狮子从来不照镜子。喝完汤，他像狮子吼一般打了一阵饱嗝。走出便利店的时候，他的手里抓着一盒烟。

他坐上车，发动引擎。虽然掏出了香烟，却不想点火，又塞回烟盒。打开导航，输入了记在人物画像后面的医院名。是岩寺洞方向。

金上士把车停在医院停车场，嘴里叼着烟，不停地摆弄打火机。最后打着火，点燃了烟。刚吸了一口，就剧烈咳嗽起来。感觉肺都要炸开了。金上士把烟扔出车窗，用手背擦拭眼角的泪珠。慢慢调整好呼吸，从扶手储物箱里取出电击器放进夹克衫内兜，然后走下车。

医院整整十层楼。四楼以下是门诊室和检查室，五楼往上都是病房。金上士到小卖铺买了一箱果汁，乘电梯上了八楼。一出电梯，对面就是休息室。六七平方米的空间里摆放着沙发和桌子，一侧墙边立着饮料自动售货机，旁边就是公用电话。

金上士看了看公用电话上端的号码，对照了画像背面的电话号码。刑警调查出的内容没有错,这是最近的来电号码。"你该不会忘了吧?"耳朵里回荡着那家伙仿佛快要咽气的虚弱嗓音。那家伙嘟嘟囔囔胡说八道的时候,应该就站在这个公用电话前,而且就在一周前。他背对着公用电话,注视前方。走廊里静悄悄的。两旁的病房一个紧挨着一个。他走向离自己最近的病房。

他一一察看病房门口的患者名单。跳过只有女人的房间。仅此一点,就大大缩小了搜索范围。进入病房后,他仔细观察患者们的面部。病房里很黑。从走廊透进来的灯光勉强照亮了眼前。患者们大都闭着眼睛,似乎已经进入梦乡,或是在努力入睡。陪护亲属的状态也是如此。没有陪护的患者也不在少数。接受了部分切除肺叶的手术后住院期间,金上士请了护工,三天后就把人打发走了。每天不做什么工作,就要拿走六万元日薪,很不划算。而且让陌生人看自己睡着的样子,也觉得别扭,所以就打发走了。还是没见到那个家伙,没剩几间病房了。

在倒数第二间病房前,金上士瞪大了双眼。住院患者名单上居然有自己的名字。他的名字绝对不是寻常的人名。这个名字无论在学校还是在军队经常遭受嘲笑。在学校读了高年级也一样被嘲笑,但是在军队里随着军衔晋级,被嘲笑的事就逐渐少了。这也是他在部队里长期服役的原因之一。

金上士轻手轻脚地走进病房。六个男人都躺在病床上。仔细观察患者的面部却没有任何收获。同名人的病床在右侧最里面。没有陪护人。金上士坐在陪护人用的简易床铺上,把果汁箱子小心翼翼地放到地上。

同名人戴着氧气呼吸罩。金上士再次核对了贴在床头的名牌。确确实实是跟他同名,年纪比他小六岁。

不是第一次遇到同名同姓的人。那是三十年前下达了戒严令[1]的时期。他们拦下经过检查站的车辆,搜查不良分子。金上士走上公交车,把一个看起来像大学生的男子直接拉下车。其他乘客都在瑟瑟发抖时,有个家伙却扑哧一笑。乱糟糟的头发,戴着黑色玳瑁框眼镜,瞟着自己的前胸扑哧笑了。金上士气得脸都扭曲了。"不怕死的东西。你再笑一下试试。狗崽子!"金上士的军

---

[1] 指的是以1980年韩国的"光州事件"为背景,全斗焕宣布的《紧急戒严令》。(编注)

靴踹在那家伙的胸口,四眼男仰面朝天摔倒在地。金上士打开四眼男的背包翻起来。书、笔记本、记事本之类的东西都散落在马路上。还有一本书名很可疑的书——《社会学概论》。"你看看,你个狗崽子,混蛋反动分子。"金上士又朝四眼男踢了一脚。四眼男的书封上用签字笔写着姓名。与金上士同名。

金上士摘下了患者的氧气呼吸罩。患者头发蓬乱,鼻子底下和下巴甚至脸颊上都长满浓密的胡须。金上士把人物画像放在患者的脸旁,病房里一片漆黑,眼前模模糊糊看不太清。而且胡须太浓密了。他从口袋里掏出打火机点着,来回盯着人物画像和患者的脸。患者咳得厉害,似乎马上就要断气了。金上士重新给他戴上氧气呼吸罩,呼吸便平稳了。怎么看都觉得不是那个家伙。金上士在病房黑暗的角落里悄然起身,来到走廊。

他经过空荡荡的走廊走向电梯时,突然停住脚步,返回同名人的病房。从病房里出来的时候,手里多了一箱果汁。

金上士发动引擎后,打开了车内阅读灯。掏出香烟,叼在嘴里，又放了回去。随后又打开果汁箱子。有葡萄汁、橙汁、苹果汁……金上士挑了胡萝卜汁。他好像从哪儿听说过，胡萝卜对肝有好处。他拧开瓶盖，插上吸管咕嘟咕嘟地喝起来。

现在只剩下仁川的号码了。在仁川认识的人只有妹妹。是妹妹啊。金上士皱起了眉头。他拿出手机拨打了妹妹的电话。铃响好一会儿也没人接，他仍然执拗地等着。

"喂？"

妹妹的声音有些沙哑，好像刚睡醒似的。

"还记得你还是姑娘的时候，整天追你的那个流氓吗？"

"是哥哥吗？"

"你不记得了？"

"你也太莫名其妙了吧，这么久没打电话，突然没头没脑地说什么流氓？"

"送进三清教育队[1]的那个家伙，你不记得了吗？"

---

[1] 三清教育队：1980年韩国国家保卫对策委员会以"净化社会"为由，在军队设立的一个收容教养机构，类似于劳动教养。

"为什么突然提到他？这会儿都几点了啊？"

"知道那小子在哪儿干什么吗？"

"怎么了？"

"知道不知道？"

"我怎么会知道？"

"真不知道？"

电话啪的被挂断了。重拨也无人接听。再拨过去，显示对方已关机。

"Fuck！"

金上士一边骂着美式脏话，一边粗暴地合上手机，朝车窗外吐了口痰，开车出发了。

开出停车场五十多米便停在了斑马线前。红灯。没有来往的车辆，也没有过马路的行人，四个车道上只有金上士的一辆车。

金上士打开阅读灯，拿起画像。从兜里掏出圆珠笔，在画像背面医院的名字上打了个叉号。这样看来，如果那家伙一直住院，就和第九个孩子的失踪无关了。不对，就算他躺在病床上，也不能掉以轻心。美国犯罪刑侦剧里，不是也有关在监狱里也能指使连环杀人的恶魔吗？

不过话说回来,第九个孩子怎么样了?

关掉阅读灯,黑暗再度袭来。黑暗中,金上士紧握方向盘,注视着红绿灯。只等绿灯亮起。

山羊

的

염소의

주
사
위

骰子

开往首尔的末班汽车上,上来一个男子,他的西服上衣内袋里装着刀、氰化钾和骰子。缓缓地驶出车站的深夜巴士上只有六名乘客。六,是双数,代表死亡的数字,是个不错的征兆。就算天塌了,这次也要做个了断。

四天前,男子收到短信,得知自己被解雇了。"真的很抱歉。这段时间真的辛苦你了。"估计又是人事科长的"作品"。人事科长总是把"真的"挂在嘴边。竟然用短信通知!这可是自己任劳任怨工作了三十年的地方啊!虽然他预感到可能会进入公司调整解雇的名单,已经有心理准备了,但是这种遭人背叛的感觉仍然令他愤怒地咬紧牙关。

那天晚上，男子失眠了。因为噪声。"咚、咚、咚"，消停了一会儿，又开始了。和家人一起住的时候，男子也经常因为楼上传来的噪声，一下子坐起来。"楼上的人度假去了。你就歇歇吧。活着的人还要活下去啊！"男子听了妻子的话有些难过。活着的人得活下去，那死掉的人就该死吗？

男子从鞋柜里拿出一根棒球棍，用力捅了捅屋顶。"让人睡会儿行不行?!"楼上似乎安静了，他刚躺下的时候，耳边又传来"咚、咚、咚"的响声。男子一骨碌坐起来，拎起棒球棍冲上楼梯。

男子一口气爬上楼，瞬间无力地垂下棒球棍。这里是屋顶啊！男子住在一栋十二层的单间公寓，他住在顶层的房间。这是他特意选的楼层，搬过来已经两个月了。男子竖起耳朵，抬头仰望着漆黑的夜空。就像在那冰冷坚硬的黑暗的另一边，有人因无法压抑内心的悲愤而跺脚。

天一亮，男子就去了两座墓前扫墓。他先去了父亲的墓前，拔了拔父亲坟上的野草，又给父亲祭了酒。男子把一瓶米酒倒在父亲坟边，没剩一滴。弟弟死后，父亲为了平息心中燥热的怒火，天天用冰冷的烧酒浇愁。炽热的火摧毁了父亲的精神，冰冷的酒击垮了父亲的身体。"老幺啊——老幺啊——"他好像听到父亲的呼喊，掸掸身上的土站了起来。男子没有给父亲磕头，因为很快就能重逢了。

男子给弟弟准备了香烟。第一次闻到弟弟手上的烟味时，男子曾经大发雷霆，甚至差点对弟弟动手。那时，弟弟还在上高中，是班里排名前五的模范生。一直是模范生的弟弟竟然偷偷抽烟，这令男子无法接受，也无法容忍。以前弟弟天天嚷嚷，他想要一个穿西装打领带上班的爸爸。弟弟不仅聪明，连放鸭子的时候手里都攥着书本，他是全家人的希望，是唯一可能穿西装打领带上班工作的人。如今男子一闻到烟味儿，就感觉胸口堵得慌。他好像认为弟弟身上发生的不幸都是香烟引起的。也就是说，不是因为抽烟了，只是因为尝了下烟的味道，就遭到哥哥的严厉训斥，从而被不幸吞噬了。男子也没有给弟弟行礼，因为也很快就能见到弟弟了。

男子在一阵刺骨的寒气中打了个寒战，睁开了眼睛，发觉浑身都被冷汗浸透了。他做过一个梦。梦里，他在弟弟喜欢的游戏盘上掷骰子。游戏规则是，行善就能搭乘梯子前进，作恶就会骑着蛇后退。游戏盘上一共有100个格子，从1出发，先抵达第100格的人获胜。男子每次掷骰子，结果都是点数1。在第4格帮助老人后就前进到了16格。在18格种树，一跃抵达38格。在40格喂鸡，然后前进到60格，但是在66格因为小偷小摸了，一下滑落到14格。重新开始一格一格地前进，在18格和40格的时候，搭上梯子跳跃式前进，却在66格处又一次滑落下来。重来也是一样。

决定一些小事儿的时候，弟弟也会捧着游戏盘过来。决定谁去买豆腐的时候，决定谁打扫厕所的时候，决定谁把鸭子赶进圈里的时候，都用这个游戏。蛇骰子游戏？大概是叫这个名字。竟然如此清晰地记起几十年前的游戏。就好像身边有十二条蛇在爬，挂在蛇尾巴上的恶行清单历历在目。在薄薄的冰面上滑冰、摊开课本打瞌睡、在墙上乱写乱画、打人、踢小狗、暴食、偷窃、玩哑弹、在铁轨上玩儿、玩火、砍树、爬树。这些恶行里没有一件是男子做过的。男子甚至没往路上吐过痰。"没有法律约束也能规规矩矩地生活。"这句话显然是为男子发明的。但是，人们如此评价他的时候，常常会翘起一侧嘴角。当他主动把多出的加班费返还财务时，当他在山上用落叶把口香糖包起来放入口袋时，也没例外。

汽车快到收费站了。男子翻了翻西服上衣里面的口袋，好像在翻看门票。刀、氰化钾、骰子还在口袋里。不知不觉间，天边开始泛起鱼肚白。

男子走出车站，上了一辆出租车。司机询问目的地，男子从裤袋里掏出一张字条，把记在上面的地址说给司机听。司机在导航仪上输入地址后，发动车子启程了。

"肚子不舒服吗，先生？"司机瞟了一眼后视镜，问道。

"没事。"男子摆了摆手回答。

可能是昨晚为了助眠喝了烧酒的原因，他有点反胃。他松了松领带，好长时间没打领带了，还真不舒服。

出租车驶入主干道不久，他的胃里就开始翻江倒海，无法抑制想吐的冲动。他把车窗摇了下来，一阵冷风让胃稍微舒服了一些，也只是一小会儿。感觉马上要吐出来了。新车特有的味道也让人反胃。他一下子拉长脖子，把头伸出窗外。

"您还好吗，先生？"司机皱了皱眉头，问道。

"能停一会儿吗？"男子勉强挤出一点声音问道。

"在这里吗？除非想死……"

"那，车里有塑料袋吗？"

"没有。"

"啊？"

"刚提车才一个月啊……"

男子再也忍不住了。胃里有什么东西凶猛地涌上来。他急忙把衬衫前襟从腰间抽出来，接住呕吐物。

从出租车上下来，男子四处望了望。跟记忆中的景象完全不同。过去密密麻麻排列的矮房子已经消失不见，取而代之的是挡在眼前的一栋栋新建的公寓。司机已经掉转车头，男子走过去问司机，这地方是不是他要找的地方。

"导航仪不会说谎的，先生。"司机上下打量了男子一番，说道。

男子的脸色变得凝重起来。这里明明有个公共浴池，一直往上走，应该有一间米铺。但是，盖在山坡上的老房子大都不见了，只有工地最上边还剩下几间。男子绕过工地，走进一条又陡又窄的小胡同。胡同里到处都是丢弃的破旧家什，每一堵墙上都写满了字。"誓死守卫生存权""要么有家，要么去死""挡住推土机"。有一行用红色油漆写的潦草大字吸引了男子的视线。"巨大的骗局"，"骗"字变得模糊不清，乍一看好像"巨大的局"。

男子喜欢看历史剧，因为历史剧的结局一般都是"好人有好报，恶人有恶报"。但是，一提到历史剧，妻子就会不耐烦。妻子会咂舌抱怨："都知道的事情，有什么好看的。"两个女儿也会随声附和。男子紧紧抓着遥控器，目不转睛地盯着电视。"你怂恿孩子们信仰宗教，结局才更明显不是吗？人死了，嘉奖或惩罚又有什么用？这和没有截止日期的借据又有什么不同？"虽然想和妻子理论一番，但是他咬紧嘴唇，什么话也没有说。因为，不管别人说什么，他都是一个没有法律约束也会规规矩矩生活的人。

男子挨家挨户地查看门牌号，渐渐皱起眉头。他找到了字条上的地址。这是一间没有院子的木板房。他之前好像来过，又好像没有来过。最后一次来这里是什么时候？那时刚和妻子离婚，现在已经第五个年头了。虽然当时也下决心要做个了断，但是出了点儿小差错，最终没能如愿。那天是弟弟的忌日。所以山羊才提前躲起来了吗？等了一整天，山羊始终没有出现。他想哪怕等上一个月也好，等上一年也好，都要做个了断。但是他已经申请了月度休假，实在没有脸面说出"再休息一天"这样的话。因为这需要某个无辜的人分担自己的工作。正是出于这种信念，男子入职后从未缺勤过。如果我舒服了，其他人就会受累。

男子观察了一下周围，路上没有行人。他从西服上衣内袋里掏出刀，解开包在上面的碎布。刀刃像镜子一样锃亮。他想问："魔镜啊，魔镜啊，谁是世界上最坏的人？"不久，他眼前似乎浮现出了答案。他把刀藏在背后，敲了敲门。"哐哐哐"，那天的军靴也发出这种声音。他们穿的军靴是用铁做的吗？为了从天上降落时快上哪怕一秒才穿了铁制军靴吗？或者地下埋着巨大的磁石，为了能够准确地落在上面，才穿的铁制军靴吗？军人踩下的每一步，都会发出敲击钢铁的声音。

门里边很安静。男子屏住呼吸往门缝里看。怦、怦、怦，他觉得自己的心跳声很刺耳。门那边依然很安静。他又敲了敲门。"哐哐"，门轻轻地开了一条缝，原来门压根儿没关。

男子抓住门把手，"哗啦"一下子推开门。屋里一片昏暗。他用刀尖把黑暗逼向角落，小心翼翼地走进去。厨房和卧室里一个人也没有。热气好像已经散去很久了，墙冷得就像一块冰一样散发出寒气。这次又晚了一步吗？他握着刀的手，无精打采地垂了下来。

把刀包好放进口袋里，男子仔细地观察整个屋子。地板上散落着卡式丁烷气罐和泡面桶，角落里堆放着各种杂物，上面覆满了一层厚厚的灰尘。折断的一次性筷子、中餐馆的传单、破破烂烂的衣服、掉了挂钩的塑料衣架、抓手已经磨损的挠痒勺、干电池……男子睁大眼睛，想找到一些有关山羊行踪的线索，但是一无所获。

太狼狈了，这已经是第几次了啊?！想起五年前为了找到这里付出的代价，男子禁不住摇了摇头。

衬衫上的污渍散发出一股难闻的酸味。男子走到厨房，打开洗碗台上的水龙头。没有水。下水道口塞着的抹布干巴巴的。他把抹布拿出来，擦了擦衬衫上的呕吐物。突然，他眯起眼睛，好像注意到了什么东西。他把抹布展开，抹布下边印着一行字。

富荣教堂创立十周年纪念。

男子按照烟草店老板说的，穿过加油站，沿着坡路往上走，看到一座两层的玻璃小楼，上面立着一个霓虹十字架。这就是富荣教堂。祷告室里传来人们唱颂歌的声音。男子去了卫生间，用水清洗衬衫上的污渍。但是，污渍并没有那么容易洗掉。

弟弟死后，父亲就把家里那一小块地卖了，在法院前面开了一家小商店。父亲下定决心，要通过法律洗刷弟弟的冤屈。枪，用法律应对；刀，也用法律应对。所以父亲每天都去法院，去那个一只手持刀，另一只手托着天平的正义女神所在的殿堂。弟弟一直想要一个穿正装上班的父亲，所以父亲每次出门的时候，总是打着领带，弟弟的夙愿也算是实现了。是因为坚信法律呢，还是因为打算背水一战？父亲只有一件衬衫。因为没有多余的，所以每天都要洗好熨平。母亲精心为父亲熨烫衬衫，直到看不到一丝褶皱，才会放下手中的熨斗，像口头禅一样嘟囔："衣服干净了，才不会让人看不起。"

父亲的觉悟、母亲的诚意，都没能打动法律。有一天父亲喝得烂醉，被一位在法院做保安的远房亲戚背回家。父亲悲愤地大声哭喊："那不是法院，是肉铺啊！"父亲积郁成疾去世后，母亲就把小商店转让了，开了一家洗衣店。幸亏不是肉铺。男子讨厌家畜，特别是鸭子。男子教过弟弟怎么一眼识别鸭子的公母，怎么一眼判断鸭子是不是生病了。应该教弟弟一点像样儿的事。比如，骑自行车时不扶车把，或者用草叶吹哨子。

男子脱下衬衫，打上肥皂，把呕吐的痕迹洗干净后，拧干水，甩了甩，又穿上了。从卫生间里出来的时候，祷告正好结束了。衣着讲究的信徒们喊喊喳喳地拥了出来。上帝评判一个人的时候，也是看他的穿着吗？妻子去教堂的时候，也总是会穿上自己最心爱的衣服。男子理了理自己的衣襟，向祷告室走去。阳光透过整块透明的玻璃照射进来，显得更加明亮、更加温暖，让人感觉好像走进了一间巨大的温室。确实如此，三五成群聚在一起聊天的人们，脸就像鲜花一样灿烂。哪个人是牧师呢？虽然可以找个人问一下，但是，男子决定跟自己打个赌。因为，不管什么事都要打赌的弟弟，现在已经不在身边了。

男子向那边穿着最讲究的中年男子走去。

"牧师先生？"

戴着金丝眼镜的中年男子，脸上带着和善的微笑，转过头看着男子。中年男子的微笑好像是在说"有什么可以帮您的吗？"男子猜对了。他说自己要找人后，牧师又问道："您找谁呢？"只要一想到那家伙的名字，男子就会怒气上涌。可是每个人都必须有个名字。

"山羊。"男子叫那家伙"山羊"。那家伙的眼睛很尖，鼻梁细长，嘴唇很薄，颧骨突出，俨然一副山羊相。皮肤黝黑，就像一只脾气暴躁的黑山羊。半边脸上因为烧伤留下的疤痕像盘踞了一条蛇。男子咽了口唾沫，终于说出了山羊的名字。当啷！听到"山羊"这个名字的瞬间，牧师的眼中就像有一对铃铛清脆地响了一声，瞳孔发光。很明显，牧师认识山羊。

出乎意料的是，牧师对山羊却赞不绝口。"那是一位虔诚的信徒，看到有困难的人必会伸出援助之手。即使生活拮据，靠收废纸为生，他也不会落下任何一次十一捐。"男子呆住了，这是自己要找的人吗？不，自己要找的不是人，是恶魔。

"双数就是坏人，单数就不是。"

听到山羊这句话，其他士兵就像听到一个奇特的笑话，扑哧扑哧地笑起来。本来驻扎在省政府的迷彩部队，为什么突然冲进这座偏远村庄呢？山羊查看了弟弟的身份证，从弟弟的军训服口袋里搜出了一盒烟和一个骰子。

可能弟弟以为山羊在开玩笑吧。他把骰子扔向空中，张嘴接住，咕嘟一下吞下去了。山羊的脸就像踩了地雷一样僵住了。

"狗崽子！反动分子！"

山羊气得直跺脚，把刺刀抵在弟弟的腹部。好像非要切开弟弟的肚皮，看看里面的骰子是双数还是单数。

弟弟吓得脸色发青，拔腿就跑。男子紧紧抱住山羊的腿。但是枪托、棍棒、军靴像雨点一般落下来，男子没能坚持多久。弟弟一下子摔倒了。"不能停下，快跑。"男子的喉咙像被沙包堵住了，发不出一点声音，连气都喘不过来。耳边传来反动分子如何如何的谩骂声。男子忽然瞪大眼睛。远处田埂的小路上，棍棒砸碎了弟弟的肩膀，打断了弟弟的腰。在深山老林里经历了几十年严冬酷寒的檀木做成的木棒，跳起了破坏之舞。刺刀对准了弟弟的肚子。男子对着堵在喉咙里的沙包嘶喊：谁来拦一下，拦住那个恶魔！

"哪里不舒服吗，兄弟？"牧师推了一下眼镜，问道。

男子渴望能有一阵凉风吹过来。教堂像温室一样闷热，牧师的声音像糖精一样甜丝丝的。

"啊，没事。他最近还来教堂吗？"

"去年搬家之后，就没见过他了。如果能一直见面就好了，不过他住的地方离这里太远了……"牧师的声音，带着一股深深的惋惜。

男子无法忍受这个偏袒山羊的牧师，连怀里的刀都在颤抖。不，是男子在颤抖。男子就是那把刀。

牧师说的那个小区，需要坐二十多站地铁，然后再乘二十分钟公交车才能到。虽然不知道具体地址，但是俗话说得好，"有志者事竟成"。男子在市场入口旁的汤饭馆填饱肚子，去了房产中介所，询问附近有没有废品收购站。附近有三个废品收购站。三个啊！三，不多不少，完美的数字。以刀、氰化钾和骰子的名义起誓：阿门！

男子从最近的地方开始找。第一处落空了，第二处也是白费力气。第三家废品收购站的老板认识山羊。男子还没来得及描述山羊半边脸上有一块像烙印一样的疤痕，主人便已经滔滔不绝起来。

"好像就是这两天的事……"

男子的脸一下子扭曲了。瞳孔就像老旧的荧光灯一样忽明忽暗，耳朵像一台有故障的收音机刺啦作响。

"一个下雨的凌晨，山羊拉着一辆满载废纸的简易板车走在天桥下，正要过马路的时候，被车撞了。"废品收购站老板就像亲眼所见似的讲起来。他似乎从男子的沉默中察觉到了某种期待，用一副给男子施舍什么特别东西的语调，像唱戏一样说起来。

"天下雨，路太滑，天桥底下黑咕隆咚的，人也长得黑黢黢的。虽然司机慌慌张张地踩了刹车，但已经是泼出去的水啦。凡事都有个寸劲儿。"

男子的眼前一黑。上次就该了结了。忽明忽暗的荧光灯，刺啦作响的破旧收音机，挨打也是活该。只要见到电子产品，弟弟总要拆开看看才会罢休。看了一会儿，便哼着小曲儿，把东西恢复原样。只要拆开看过一次，不管机器出现什么故障，弟弟都能麻利地修好。当他说长大要当兽医的时候，男子不禁吃了一惊。他以为弟弟会当工程师。弟弟曾说，他的梦想是在国际技能大赛中获得金牌，想乘着敞篷车参加游行。如果弟弟还活着，眨眼工夫就能修好那些丢弃在角落里的东西。不能让弟弟复活的人，也不能带走山羊。山羊是我的。谁都不能动，哪怕是上帝也没有这个权力。

男子无法再继续听废品收购站老板的唠叨了。他感觉胃里一阵翻腾，一打听到山羊住的医院就飞快地跑开了，甚至废品收购站老板在后面追问出了什么事，他也没有理会。

快到医院的时候，他才意识到为什么会厌恶废品收购站老板的话。老板是站在司机的立场描述这起事故的。不管是违规横穿马路还是什么，发生交通事故时，司机就是伤害者。如果山羊发生什么事，男子似乎绝对无法原谅司机。废品收购站老板的最后一句话，一直在他耳边回响："凡事都有个寸劲儿。"他只希望没有来得太迟。现在还不行。掷出骰子之前，山羊还不能死。在赌上性命掷出骰子之前。

　　跑到病房门口时男子突然停下脚步。五个衣着讲究的中年男女正围着山羊的病床祈祷："请宽恕兄弟的罪过吧。和他摆脱了罪孽一样，让他也摆脱病痛站起来吧。"如此这般地祈祷一番。男子也希望山羊能尽快好起来，却丝毫没有打算为他祈祷。原谅？！"原谅"这个词就像一把胡乱挥舞的刀，割破了男子的肚皮，一下一下狠狠地捅刺他的内脏。山羊依靠氧气呼吸罩才能勉强喘气。

　　弟弟在重症病房和普通病房之间来回辗转，好不容易撑过了夏天，却在天气变冷的某一天永远合上了眼睛。"哥，我害怕。"这是弟弟说的最后一句话。他的肚子被割开，送到医院的那天也说了同样的话。"哥，我害怕，我害怕……"就像默念咒语一样，弟弟大口喘着粗气，嘴里却不停地重复着这句话。犹如一个被不害怕就会受罚的可怕妄想惊吓的人，弟弟害怕得瑟瑟发抖。被刺穿的肺部做了缝合手术，麻醉药的药效消失后，弟弟拉出了骰子。他把拉出来的骰子放在病床旁的抽屉里。

拉出骰子后，弟弟每晚都做噩梦。他哭着说，他在薄薄的冰面上溜冰掉进水里，从树上掉下来摔断了腿，玩火不小心把家烧个精光。即使告诉他，梦里发生的事情只不过是骰子盘上的游戏，他仍然像真的犯罪了一样，显得痛苦不堪。就像在说服自己，他不可能没犯下这些罪。每当这个时候，男子就会打开抽屉确认一下骰子还在不在。假如骰子没在抽屉里，也许男子会相信骰子像子弹一样嵌入了弟弟的脑袋里。

男子把山羊、山羊的兄弟姐妹以及山羊兄弟姐妹的祈祷抛在身后，转过身无精打采地走出病房。他不敢相信，山羊已经一脚踏入鬼门关。这种感觉就好像是中了蹩脚魔术师的圈套，这个圈套又是如此低级。到底是谁设下了这个圈套呢？是山羊吗？还是山羊的上帝？

就像一个疑心很重的观众试图找出魔术背后隐藏的骗术一样，男子找到护士，要求见山羊的主治医生。对方问他原因时，男子说想了解病人的确切情况。坐在桌子前的护士说她负责照看山羊，打算替医生说明一下山羊的伤情，但是被男子拒绝了。魔术师们总是利用美女骗人，美女才是魔术成功的关键。

负责照看山羊的护士拉长了脸，问他跟病人是什么关系。就像被叫到台上的观众一样，男子一脸茫然。不是因为护士的问题，而是因为"关系"一词用得非常不妥。关系！男子太熟悉了。金钱豹如何追击瞪羚并且咬住瞪羚的脖子。金钱豹的牙齿扎进瞪羚的脖子，瞪羚的鲜血染红金钱豹的嘴。金钱豹和瞪羚是什么关系呢？没有关系就不会有负罪感。金钱豹的世界没有上帝，所以金钱豹没有负罪感。人会犯罪，是因为人的世界有上帝。那位宽恕一切的神。一个江湖骗子，能从空空的帽子里取出鸽子，能把报纸变成玫瑰花，能让美女凭空消失。

"是病人家属啊，保险公司的员工留了名片，说如果有家人来，请跟他们联系。"护士嘴里嘟囔着，开始翻找抽屉。

"不是。"

"也对啊，家属不可能现在才出现。那么，是那个出租车……司机？"

"出租车司机没来过吗？"

"只打过一通电话。"

"真的一次都没来过吗？"

"哦！那您一定是教堂的人吧。"

男子不得已点了点头。反正不能说实话。

护士叫来了主治医生。男子一把抓住主治医生，详细询问山羊目前的状态。医生说，山羊脑部有瘀血，脊椎粉碎性骨折，腿也被撞断了，手术虽然很成功，但是他原来就有心肺疾病，无法保证能够康复。

"骨头撞成那样了，应该很疼吧？"男子小心翼翼地问道。

"病人神志不清，而且注射了强效镇痛剂，应该不会感到特别疼。"

"也就是说，他不会感到疼痛吗？"

"是的。"

"一点儿都不会吗?"

"是的。"

镇痛剂的魔术。镇痛剂的奇迹。镇痛剂这该死的东西。男子的脸色就像死人一样苍白。

"您没事吧,先生?"

男子失神地盯着山羊脑部核磁共振的片子看了很久。一遍又一遍地观察忽然冒出鸽子的魔术帽里又狭窄又深邃的黑暗。

猎物失去活力,猎人也会意志消沉。男子好像中了圈套。那天之后,他总是感觉被人追赶。是的。他不是猎人,是猎物。看不到猎人的时候,才是猎物最危险的时候。猎人想要隐藏自己,就在他眼前隐身。

走出医院,男子在附近找了一家旅馆。旅馆前面屹立着几栋大楼,透过大楼之间的缝隙,能够隐隐约约地看到医院的病房。他查看了所有房间,选了一间最容易眺望医院的房间。当然,这个房间也在顶层。

男子坐立不安,在房间里踱来踱去,时不时透过窗户眺望医院。似乎一不留神,医院就会凭空消失。他推测山羊病房的位置。晚上点的外卖炸酱面,也是站在窗边吃的。

夜色笼罩医院之后,男子反而平静下来。山羊应该不会在黑暗中轻易死去。世界上哪怕只存在一次正义,山羊就没有权利在熟睡中安逸地死去。男子很清楚现实不是历史剧。于是他打开电视机,却在频道的迷宫里来回徘徊,没有找出一部历史剧。男子切换到新闻频道,调高音量,从冰箱里拿出一罐啤酒打开。

他从钱包里拿出一张照片。照片就像老旧的纸币一样轻飘飘的。这是在照相馆拍的全家福。两个女儿跟妈妈一样戴着圆框眼镜,看起来就像三只猫头鹰。那时候,大女儿十岁,小女儿八岁,两个女儿还叫他"爸爸",现在叫他"爸"。而且,还是在不得已的时候才叫。女儿们讨厌这张照片,说照片很土,那个土包子时期的照片。越回忆,照片越是占据了男子随着手的动作逐渐模糊的视线。他像往常一样殷切地端详着照片,就像独处的每个凄凉的夜晚一样。

医院,旅馆。

医院,饭店,旅馆。

医院，饭店，医院，饭店，旅馆。

饭店，医院，饭店，医院，饭店，旅馆。

日子一天天过去了。像医院新来的员工一样，男子慢慢适应了这个陌生的地方。熟悉了护士们的面孔，广泛了解了周围小饭馆的菜单，就长期住宿问题跟旅馆老板讨价还价，去传统市场采购必要的生活用品。内衣、袜子、牙刷、牙膏、刮胡刀、香皂、洗发水、肥皂、方便面、啤酒。

跟遭到解雇前的生活一样，男子每天的生活又开始周而复始地循环。明天、后天，天天如此，山羊的病情也逐渐恶化。男子只是整天在山羊周围打转，从来没有去病床前看过山羊，只是像一个忠实的护工一样，缠着护士询问山羊的状态。山羊的病情在恶化。山羊没有救了。虽然怀里仍然揣着刀，但是男子的肩膀渐渐耷拉下来，脚步越来越沉重。

他的活动路线渐渐单调了。

饭店，医院，饭店，医院，饭店，旅馆。

医院，饭店，医院，饭店，旅馆。

医院，饭店，旅馆。

医院，旅馆。

旅馆。

终于，男子去找山羊了。

山羊的脸就像一个骷髅。疯狂地喘着粗气的脸似乎藏在了骷髅后面。山羊的额头、眼睛、耳朵还有下巴，露在氧气面罩外面，男子仔仔细细地打量着这些部位，好像是在寻找几十年前偷偷留下的标记。山羊每次呼吸急促的时候，透明的氧气面罩就会变得白茫茫一片。白雾消散后，他一边的脸上便时不时露出一道烧伤的疤痕。

男子跟其他探病的人一样，静静地坐在山羊的床前，向医院之神祈祷，希望山羊能够从床上起来。如果医院之神真的存在的话。男子也向刀剑之神祈祷。实际上，男子把手伸到西服上衣的内袋里，摸了摸里面的刀。拿出来的却是骰子。男子把骰子塞在山羊干枯的手里，给他最后一次机会，如果出现双数就让山羊死。男子想凑在山羊的耳边低声倾诉，想对着山羊的心脏大吼，就像山羊曾经对待弟弟那样。男子想让山羊感受恐惧的痛苦，那种令大脑窒息、呼吸不畅的恐惧，就像山羊带给弟弟和男子的一样。

山羊的手没有松开骰子。为了让潜于世界另一面的黑暗回来,山羊没有松手。窗外的夜色固执地变成漆黑一团,如同骰子上的黑点。男子站了起来。

三天后,山羊死了。骰子不见了。男子在旅馆房间里无声地哭了。这件事原本应该在议政府[1]做个了断。那时候,积郁成疾的父亲刚刚去世。男子下定决心,该做的事情必须做个了断。男子甚至成功地潜入了山羊的房间。那是一个盛夏的夜晚,山羊家的窗户敞开着。房间里酒气熏天,山羊的鼾声震耳欲聋,已经睡得不省人事。山羊像在噩梦中,他在梦里殊死拼杀,面孔极度扭曲。山羊的枕边散落着烧酒瓶和许多药袋。内科的、皮肤科的、精神科的。

男子蜷缩在黑暗中很久,却连刀都没能抽出来。他无法伤害一个毫无防备的梦中人。而且还是一个喝了酒、吃了药、不省人事的家伙。即便如此,当时男子也应该

---

[1] 议政府,指的是韩国议政府市,位于韩国京畿道的一座城市。(编注)

守在山羊身边一直到他醒过来。没想到的是,当时只是想稍微休息一下,去了一趟漫画书店,竟然令自己悔恨终生。黎明时分,男子急急忙忙赶到山羊家时,山羊已经离开了。

经不住姐夫的哀求做了担保,结果自己的房子打了水漂之后,他去安阳[1]找到山羊那次,结果又怎样了呢?男子原本打算杀死山羊后,吞氰化钾自尽,但是在准备杀死山羊的瞬间,忽然想起忘记带氰化钾了,于是腿也不由自主地软下来。让山羊为自己的罪行付出代价固然重要,但不能鲁莽行事啊。男子不想在惩罚山羊之后,承受法律的制裁。这是正当防卫。本来是弟弟的生命遭受残暴蹂躏时应该行使的权利,只是行使权利的时间晚了。既然法律不能洗刷弟弟的冤屈,那就不能任由法律评判自我防卫的对错。当然,男子已经欣然做好了接受惩罚的准备。他的罪,不是袭击山羊,而是没能保护好弟弟,没能尽快弥补父亲心中的遗憾。这个罪,法律没有权力处罚,只有他有这个权力。无论如何他都是一个

---

[1] 属于韩国京畿道的一个新城市。(编注)

没有法律约束也会规规矩矩生活的人。

男子哭了很久。弟弟太可怜了,父亲太可怜了,母亲、姐姐、妻子、女儿,连他自己都很可怜,甚至山羊也很可怜。所有人都很可怜。因为可怜的一切都太可怜了,男子哭了。可怜骰子,男子哭了。可怜刀,男子哭了。可怜氰化钾,男子又哭了。男子心里升起一股怨恨,渐渐平息了看似不会停下的哭泣。男子痛恨每次都错过机会的自己,痛恨没有得到他的允许就死去的山羊,痛恨带走山羊的上帝。而男子最痛恨的是那个永远夺走他复仇机会的出租车司机,那个撞了人之后就消失得无影无踪的出租车司机。痛恨得想杀死他。

好不容易联系到了山羊的遗属,但是没人愿意为他处理后事,最后是山羊常去的教会处理了后事。男子躲在远处望着山羊的骨灰盒被安放在灵骨塔。地是红的,天是蓝的,庙是白的,人是黑的。黑色的人群里有人开始谈起罪恶、救赎和天堂。那个看起来衣着讲究的人,一定是牧师了。就像低声讲述某个秘密一样,牧师的声音突然变小了。男子竖起耳朵,却听不清牧师的话。

男子聚精会神地观察眼前的一切，仿佛要从空气中找出隐匿的声音。罪恶是红色的，救赎是蓝色的，天堂是白色的。牧师好像在讲勇气。罪恶、救赎、天堂犹如一粒粒珍珠，而勇气就是把它们串联起来的线，如何如何。牧师的话让男子摸不着头脑，也让他觉得奇怪，什么"并不是信念激发勇气，而是勇气成为信念的支撑""如果没有罪恶，就不会出现救赎，也不存在天堂"等等。

男子感到一阵眩晕，无力地瘫坐在地上。他想站起来，身体却不听使唤。反而罪恶、救赎、天堂这些话在眼前旋转。红色的罪恶、蓝色的救赎、白色的天堂相互碰撞，在灰色的叹息声中支离破碎。

男子似乎想要寻求帮助，挥着手环顾四周。身穿黑色西服的人们在合唱颂歌，赞颂宽恕一切的全能之神。男子喊道："请扶我起来。"喊声却被歌声淹没。歌声淹没了他。他感到自己的力量和活下去的意志正从体内消失。他呼喊弟弟的名字。他寻找父亲。如何面对弟弟呢？又如何面对父亲呢？如果能给去世的人发消息，他也想这么做。就像那条通知他被解雇的短信一样。真的很抱歉。

男子从西服上衣内袋里掏出氰化钾。对于从不祈祷的男子而言,氰化钾就是罪恶,就是救赎,就是天堂,如果能够鼓起勇气将罪恶、救赎、天堂一口吞下的话。

男子环顾四周,向周围告别。再见了,红色的大地。再见了,蔚蓝的天空。再见了,身着黑色西服的人们。停车场里的一辆出租车忽然映入了他的视野。或许是……男子用手遮挡阳光,远远地眺望出租车。那是一辆空车。他仔细打量着四周。一个穿着夹克衫的中年男子正提着裤子拉链从停车场旁边的厕所里出来。那人嘴里叼着一支烟。男子刚刚提起的勇气顿时消失得无影无踪。送他来的那个出租车司机。撞倒山羊的司机到最后也不会出现了吗?已经消失的愤怒重新燃烧起来,拂拭男子的额头。你,瘫坐地上的人,命令你重新站起来。你是我的刀,复仇是我的事。

男子就像遭遇晴天霹雳一般,猛地爬起来。松弛的肌肉逐渐绷紧了。低落的情绪逐渐高涨了。氰化钾不知不觉中回归了原位。现在还没轮到氰化钾出场的时候。

司机上了出租车,男子像疯了一样开始奔跑。出租车发动了。男子抄近路向出租车前进的方向跑去。出租车缓慢地在蜿蜒的水泥路上移动。男子拼尽全力冲下斜坡。终于，出租车行驶的曲线和男子奔跑的直线产生了交集。

"出租车！"

男子猛地举起双手，拦在出租车前面。出租车停了下来。男子坐上车。

"这就要走了吗？要去哪里呢？"司机问道。

"该去哪里呢？"男子自言自语道。

"嗯？"

"先离开这里吧。"

他从裤子口袋里拿出名片。这是保险公司员工给护士的那张名片。

出租车出发了。男子西服上衣的内袋里装着刀和氰化钾。

地球

지구공정

工程

我为什么想去地球呢?

律反问自己这个问题时,飞船发射进入了倒计时。

"3,2,1,助推器点火。"

指挥官 Kim 的声音一如既往地沉着。无论身处怎样的险境,他坚毅沉稳的声音都不会有丝毫动摇。律觉得哪怕元老院只是凭嗓音选定 Kim 当指挥官,自己也会心服口服。

助推器产生的巨大推力压在律的脊柱上。虽然已经演练过数百次,但真实的体验却与演练迥然不同。律并不紧张,对他来说地球熟悉得就像镜子里的自己。在观测站全神贯注工作时,律的观察对象就是地球。每每看到它孤独地镶嵌在沉寂荒凉的风景里,律常常感觉不是他在观察地球，而是地球在观察他。一度闪耀着蔚蓝色光芒的星球如今却无比苍白——"那天"之后完全熄灭的荒凉星球。

"确认高度。"Kim 命令。

"三十秒后进入公转轨道。"副指挥官 Hal 用兴奋的语调答道。

突然，Hal 座椅背部装载的生命体征监测设备开始嘀嘀作响。

"副、副指挥官？"Kim 问道。

"副指挥官的心率上升了十个百分点。"律报告说。

律负责检查队员的体征信号，不过算上律，队员也不过三个人。

"老幺啊，叫副指挥官多生分啊，按平时的习惯叫吧。"Hal 眉飞色舞地说。

"副指挥官，高度确认。"Kim 的声音有些生硬。

"宇宙飞船进入公转轨道，指挥官。"Hal 正色道。

律朝舷窗外眺望，偌大的银色星球飘浮在永恒的黑暗里。这是律第一次看到月球的全貌，玲珑美丽。他突然想念珍了。你能明白和那该死的地球争宠的心情吗？

当珍单方面宣布分手时，律才知道自己已经爱上了地球。如果久久相望却愈加伤感也算爱情的话。

蹲坐在亚平宁山脉最高峰上能做的事很少。律除了眺望地球、眺望地球、眺望地球再无事可做。他就像等待心上人冰封的心转暖融化一样守望着地球。他心无旁骛地观测大气变化，推定地表和海面温度并撰写观测日记。"未见异常"。这颗冰冷的星球没有半分热气，所以未见异常。在这颗冰冷的星球上生命几乎再无存活的可能，所以未见异常。所以地球未见异常，是指地球上没有生命。

可是有一天，一颗人造卫星脱离地球轨道坠入静止的大海。律立刻跑回月球基地报告。通过这颗曾经围绕地球公转的卫星，或许就可以知道地球上是否有生命存活，人类是否可以重新踏上地球。律难掩激动，但是上级的反应出乎意料地冷淡，他们不仅悄无声息地回收了人造卫星，就连卫星坠落的事实也三缄其口。异常的反应还不止如此。上级指责律擅离工作岗位、未按规定完成交接班，因此要求他提交一份检讨书。因为事件紧急需要立即上报，没有人理睬律的申诉。

律开始怀疑观测地球的动机。这一次他没有问上级，而是询问了观测站的前辈 Hal。Hal 耸耸肩说，因为地球就在那里。

Hal 一直都是这样，没有一刻正经过。交接班的时候他要么在补落下的观测日志，要么就是穿着航空服在观测站外面，拿着一头圆粗的细长铁棍，击打脚下的小石头。那是他爷爷离开地球时带的东西，据说是把球打入远处小坑里的工具，而且这项运动只在草地上进行。说到"草地"两个字，Hal 的脸上满是憧憬。他击出的小石块划着抛物线消失在远处的沙漠。石块偶尔也会掉入环形山中，每当那时 Hal 会抬手敲敲自己的头盔。一旦开始击打石块，Hal 常常要待到携带的氧气消耗殆尽才会返回观测站。

所有人都对观测站的工作退避三舍，律申请这个岗位也是因为这份工作可以避免社交。自从珍的祖父去世后，她开始指责这种沉默是对她的漠不关心。她开始对所有事情疑神疑鬼：怀疑祖父的死是他杀，怀疑元老院是真凶。每当珍用捕风捉影的质疑控诉祖父的死亡时，律确实没有回应。其实是他自己都没能走出父亲去世的阴影，更无暇顾及别人的死亡了。

对于珍的种种怀疑，律也是摸不着头脑。尤其是珍怀疑他爱上地球的时候，律已经瞠目结舌了。等于珍给律默默注视地球的行为冠上了爱情之名。的确，按照珍的猜测，律是用凝视的火花给沉默的导火索点火，以这种方式深爱着地球。女人说得对，女人永远正确。可是正确不会一直带来安慰。律没能从他爱上地球的事上获得一丝慰藉。地球就在那儿，却无法触及、无法抚摩。慰藉对他来说，是一种即便触碰和抚摩后也若有若无的情感。

律想要逃得远远的，就像失去父亲后，离开月球基地时一样。他一直十分自责，父亲是因他而死。如果他在干活时没有扭伤手腕，如果父亲没有替他出工作业，如果作业班长撤退点名时没有漏掉父亲的名字，如果父亲没有被锁在冰川储存塔里，如果父亲不怕水……

地球工程项目一经公布，律立刻报了名。不论是地球还是冥王星，只要能离开月球去哪里都好。只要能离开和珍在一起的月球，珍生活的月球，珍的月球，换句话说，只要能离开珍，去哪里都好。

直到发射进入倒计时，律都不曾怀疑这是他前往地球的原因。可是这份坚信却消失了。现在需要一个真正的理由。因为这不是演习，他已经在前往地球的路上了。

元老院信誓旦旦地宣称要调查重返家乡的可能性，想来也颇令人起疑。对于那些建设月球基地的主力来说，地球或许是家；可是对于出生在月球的律来说，月球才是他的家。地球只是一颗被冰雪封冻的星球，而且是充满放射能的死亡星球，怎么能说是家乡呢！

"三十秒后脱离月球轨道。"Hal报告。

被月球遮掩的地球终于露出它的全貌。苍白的小圆球，仿佛茫茫黑暗帷帐上的一个小洞。

"'地球工程1号'，三十秒后脱离月球轨道。一切顺利。"Kim向月球基地报告说。

"十秒后'普罗米修斯号'脱离月球轨道。"Hal报告道。

Hal将宇宙飞船命名为"普罗米修斯号"。普罗米修斯，律曾经在Hal拿到观测站的旧书中看到过这个名字。把火种从神界带到人间的神。是一位伟人吗？书中充满了奇怪的故事,故事中的神互相爱慕,心生忌妒甚至互相杀戮。肮脏且离经叛道。即便如此,律还是读到了最后,没有发现反转。所以律又读了一遍。重读时依旧觉得肮脏、离经叛道,元老院确实应该将它指定为禁书。但是律竟然从中感受到了美好。他有点儿怀疑自己的精神状态,肮脏且离经叛道的书谈何美好。

"'地球工程 1 号',五秒后脱离月球轨道,燃料点火。"Kim 下达指令。

"燃料点火。"Hal 复诵 Kim 的命令,按下燃料点火按钮。

机械舱装载了两个燃料箱。一号燃料箱的氦 -3 开始燃烧,将宇宙飞船有力地推向地球。

"成功脱离月球轨道。"Kim 尝试发出最后的信号。

"愿神保佑你们。"

这是月球基地最后的来信。

因为基地建在月球的背面,通信已经中断了。律回望故乡星球。首先映入眼帘的就是亚平宁山脉,山脉周边散落着的大大小小的盆地还清晰可见。静海、虹湾、梦湖。没有一滴水的海、港湾和湖泊。月球渐渐变小。

"看起来真像只兔子啊。"Hal 在空中慢慢翻着跟头说。

律努力回忆兔子的模样。他曾在元老院图书馆的馆藏《地球动物百科全书》里见过。耳朵很长腿很短，长相滑稽的食草动物。律像游泳一般挥舞着胳膊，努力贴到船舱内壁。月球上的盆地纷纷罩上了阴影，渐渐幽暗了。

"知道兔子为什么有长耳朵吗？"Hal 问道。

"据说是为了提防敌人。"律不假思索地回答。

"谁说的？"

"《论保存生存竞争中的优势种族》里面说的。"

"主张神的模样跟猴子一样的那本书？你看过了？"

Hal 的眼神里充满了好奇。律心中一惊。珍的祖父因为这本书被宣判为叛国罪，并且被元老院除名。元老院承认的地球历史只有一个。官方且唯一的历史便写在元老院为祈祷他们安全返回而赐下的那本书里。在历史课上必须背得滚瓜烂熟的那本书。第一句话是：天地之初，一片黑暗。

"那本书太荒谬了。"Hal 说。

律没作声，等 Hal 继续说下去。

"神怎么可能像猴子，神又没有耳朵。"

"你怎么知道神没有耳朵？"

"他从来没有听到我的祈祷。"

"各位，出了点状况。"Kim 突然说。

律和 Hal 回到驾驶位。

"副、副指挥官，燃料消耗异常。"Kim 的声音有些急促。

律紧张地低头确认仪表盘。

"2 号燃料箱的燃料正在减少。"

"启动的不是 1 号燃料箱吗？"Hal 喊道。

"什么原因？"Kim 压低声音快速询问。

律马上在电脑上确认燃料箱状态。

"燃料正在泄漏。"

"妈的！"

Hal 的体征监测设备发出嘀嘀的报警声。心率上升百分之二十。

"能找到泄漏点吗？"Kim 问律。

换作平常，Kim 会先警告 Hal 要冷静。Kim 的慌乱比燃料泄漏更让律感到不安。

"副指挥官,关闭主发动机。"Kim命令道。

"关掉主发动机的话……"Hal犹犹豫豫地回答。

"马上关掉。"Kim凶狠地喊道。

"关闭主发动机。"Hal复述Kim的命令后拉下了发动机控制杆。

律点了点头,燃料泄漏时使用发动机十分危险,没有引起爆炸已经是不幸中的万幸。不愧是Kim。换作律也会做出同样的决定,尽管可能没有如此当机立断。

"副指挥官,检查航线。"

"朝左舷方向偏离航线两万分之一度。应该是因为燃料泄漏。"Hal报告。

"副指挥官,距离2号燃料箱燃料全部耗尽还有多久?"Kim问道。

"六个小时。"律回答。

"这会儿工夫只能观光宇宙了。"Hal抱怨道。

"情况十分复杂,副指挥官。"Kim沉重地说道。

"是的。2号燃料箱清空的话,电脑会执行自动返航程序。"律说道。

"那就只能回家喽。"Hal 耸耸肩嘟囔道。

Kim 眉头紧锁沉默了一会儿,很快又开口了:"放弃指挥舱。"

"什么?"律瞪大了眼睛。

"我们已经浪费了六个小时,为了挽回浪费的时间,只能减少重量提高速度。"

Kim 看了看律和 Hal。

律没能提出反对意见,Hal 也一样。指挥官的意思是不能空手回去。只要有一线希望就要试一下,甚至不惜放弃指挥舱。单从重量角度看,应当丢弃机械舱,但是那里有氧气罐。没有选择的余地,问题是指挥舱位于着陆舱和机械舱之间。

"怎么连接着陆舱和机械舱?"Hal 问道。

律也很好奇。

"尝试对接。"Kim 立即说道。

"电脑里没有机械舱和着陆舱的对接程序啊?"律问道。

"实施舱外操作。"

律大吃一惊。舱外操作代表此刻的状况已经刻不容缓。律这才意识到，在他决定离开月球的瞬间就已经赌上性命了。

太空行走训练时牺牲了两名宇航员，如果他们还在，律作为预备宇航员根本没有机会踏上这艘宇宙飞船。算起来，律离开月球前已经有四个人牺牲了。律的父亲、珍的祖父，还有两名宇航员。律的脑海中再一次浮现出那个问题。我为什么要去地球？律在观测站工作前甚至没见过地球，那时地球只是存在于历史书上的陌生名字。

月球基地是当初人类为征服火星而建立的前哨基地，选址于远离地球的另一端，也就是地球上观测不到的"月球背面"。人类征服火星的梦想极度膨胀并且建立月球基地的时候，元老院也没想到会背井离乡这么久。就像地球历史书中最后一章记载的"那天"一样，谁都无法预料。

或许是出于对未来的不安。公布"地球工程计划"时，元老院的手指指向了地球，人们却同时看到了手指投下的阴影。从暴风湾地下开采的冰河已经枯竭了，氦-3的储藏量所剩无几，各种传闻一时间沸沸扬扬。

比起元老院的报告，住在月球基地的人更多选择相信传闻。因为对地球有记忆的人，就只剩下元老院的十一位成员了。

律按照 Kim 的指示将储存在指挥舱的航行数据传输到着陆舱。数据传输完成后，首先将指挥舱与机械舱分离，接下来是着陆舱。Kim 已经独自登上了着陆舱。律和 Hal 留在指挥舱中。Kim 手动分离了着陆舱和指挥舱。律估算着到达着陆舱的距离，打开了采尿箱的阀门。这是遵照 Kim 的指示。离开月球后储存的尿液全部排放到太空中后，指挥舱马上向反方向倾斜，与着陆舱的尾部错开。

律确认了指挥舱的预定轨道后穿上航空服。Hal 早早穿好了。律和 Hal 分别将缆绳挂在自己的腰上，打开了舱口。律向指挥舱外走去，不自觉地用脚探了探，却什么都没有碰到。四周一片漆黑。律感到毛骨悚然，这与在月球轨道上训练的感受完全不同。铺天盖地的空虚安静地包裹了律。他只能靠自己的力量向前移动，最细微的动作也要消耗巨大的体能。尤其是变换方向更吃力，尽管黑暗的真空中并不存在所谓的方向。说不定感觉疲倦的不是身体而是大脑。混乱又恐惧。

被锁在冰川储存塔的父亲死于溺水。当时融化的水仅漫过父亲的膝盖，但是他的肺部却充满了水。杀死父亲的是他对水的恐惧，而不是水。律咬紧牙关，以抵抗黑色的虚无带来的恐惧。

脱离预定轨道的指挥舱与着陆舱渐行渐远。排放的尿液冷却成一颗颗冰珠，太阳光的漫反射使得指挥舱周围晶莹璀璨。

Hal打手势通知律开始作业。律将上身探向机械舱，一寸一寸地向前摸索。黑暗中对距离的感知也变得迟钝。律不知道走了多远，也不知道还要走多远，因此根本无法合理分配体能，只能每个瞬间都用尽全力。

抵达机械舱的时候，律早已筋疲力尽。他一边平复呼吸一边看向着陆舱。Hal正把缆绳连接到着陆舱的尾端，律腰间的缆绳瞬间绷紧了。律将缆绳连接到机械舱的首端后，将缆绳剩下的部分攥在手中，自己回头朝向着陆舱。

律和Hal在着陆舱和机械舱的中间点相遇，Hal向律眨了眨眼睛，而律甚至没有力气做出回应。律竭尽全力朝着陆舱移动，在他将要碰到着陆舱时，腰间的缆绳突然拉紧，无法再向前移动了。律回头看去，Hal 已经跟跟跄跄地到达机械舱附近。律了看眼前的着陆舱，又回头看向 Hal。自己再向着陆舱移动的话，Hal 势必会远离机械舱，但是自己要是向 Hal 移动，又会远离着陆舱。

律再次看向着陆舱。在这里看不到 Kim。律突然打了个冷战，一股寒意慢慢渗入骨髓。律回头看了看 Hal，他的动作幅度明显变得迟钝，显然已经精疲力竭。律将着陆舱抛在脑后，开始向 Hal 的方向移动。

Hal 慢慢地抬起手，示意他不要过来。律摇了摇头，他背对着陆舱的瞬间，就已经放弃了地球。地球又有什么所谓。爱上地球？珍只知其一却不知其二。连恐惧都一起爱，才是真正的爱。感受过黑暗的恐惧之后，黑暗才会真正降临。同样，对爱产生恐惧之后，真正的爱情才会来临。然而在他默默观察地球时，律时常感觉到恐惧，害怕自己会被地球吞噬。当珍说出讨厌跟该死的地球竞争时，是否也感受到了由爱而生的恐惧呢？律也这样想，所以决定离开月球。因为不能让珍的话沦为谎言。

律在月球上时，珍的话只是借口；但是当律起程飞往地球时，珍的话却成了事实。

尽管律想去 Hal 身边，但是身体不听指挥。Hal 伸手摸向腰间缆绳的绳结。太空中看到的所有事物都很近，Hal 仿佛就在律眼前。Hal 正在解开自己的生命之绳。律的瞳孔瞬间扩大了。

律伸出手想要抓住什么。仿佛伸手就能碰到 Hal，握住的却是一片虚空。Hal 渐渐飘远，律淹没在无力感中，浑身颤抖。Hal 的身后，没有一丝星光。

律已经疲惫至极，他缓缓地闭上眼睛。黑暗变得更加鲜明，却出乎意料地令人安心。宇宙之物归于宇宙，黑暗之物归于黑暗。

律在黑暗舒适的怀抱中无比平静，像胎儿一样渐渐蜷起身体。这时，他的眼皮在突如其来的闪光中颤抖。

"醒了吗？"冷静且值得信赖的声音。是 Kim。

律环顾周围，这里是着陆舱的舱内。

"Hal 呢？"

Kim 摇了摇头。

"我们不仅失去了副指挥官，对接机械舱的任务也失败了。假如你没有放开缆绳或许还有机会。"Kim冷漠地说。

缆绳！律不仅失去了Hal，还松开了缆绳，甚至失去了指挥官的信任。他闭上眼睛，Hal最后的样子清晰地浮现在眼前。

"对不起。"律沮丧地说道。

"副指挥官做出了最好的选择，但是副、副指挥官，做出了最糟糕的决定。"

"对不起。"律沮丧着脸回答。

"记住，对我们来说完成任务才最重要。"Kim望着船舱窗外说道。

律也看向窗外。地球就在那里，已经变得和人头一样大。

原以为在救Hal过程中背对着陆舱的时候，已经消失在黑暗中的问题，重新浮现出来。我为什么要去地球呢？如果只是为了证明珍的话并非虚言，到此为止就够了，不用非得踏上地球。因为珍的真实不在地球上，而在月球上。

律出神地望着地球，它跟自己坐的位置一样陌生，这里原本是 Hal 的位置。搭乘着陆舱本是指挥官和副指挥官的任务，律只需要待在指挥舱沿着地球轨道公转等待着陆舱返回就行。为克服进入地球大气层时产生的高温，船体外部需要覆盖隔热材料，考虑到飞船的整体重量，只在着陆舱外部覆盖了这种隔热材料。着陆舱算得上是一种苦肉计。

律按照 Kim 的指示检查了着陆舱的燃料和氧气量，计算了着陆舱的可飞行时间。着陆舱需要摆脱地球重力，因此燃料还算充足。只要能逃离地球轨道，利用惯性飞回月球完全没有问题。问题在于氧气，目前的氧气根本不够他们勘探地球后重新返回月球。事实上，就算立即返回月球也不算宽裕。律向 Kim 报告了计算结果。

"能飞到地球吗？"

"什么？"

"不完成任务不能回去，月球的命运就在我们手中，副、副指挥官。"Kim 果断地说道。

"传闻都是真的吗？"

"什么传闻？"

律向 Kim 讲述了月球资源即将枯竭的传闻，那些关于冰河和氦 -3 的负面消息。

"资源总有一天会枯竭，但不是现在。元老院派我们去地球，是想要弄清一些事情。"

"弄清什么事情？"

Kim 顿了顿，开始讲述来龙去脉。Kim 说的内容，对地球勘探队员而言也属于绝密。真相始于那颗来自地球的人工卫星。复原人工卫星数据时发现地球上有生物体活动的痕迹。红外线相机拍摄到一群发散热量的物体，散热痕迹主要集中在地球南半球的特定区域。从移动的模式来看，元老院判断很有可能是某些生物体的活动。

"放射能消失了吗？"

Kim 的话音刚落，律马上追问道。

"如果热来自生物体，至少他们所在区域的放射能可能已经消失了。" Kim 慎重地回答。

"可能存在生物体这件事情没必要三缄其口吧？"

律的声音尖锐起来。他曾认为"地球工程 1 号"的任务只是单纯的勘察。

"万一是敌人呢？"

"是不是疑心太重了？"律大声说。

"没有人比元老院更了解地球。"Kim 打断他的话。

律沉默了。看 Kim 的表情，争论已经毫无意义了。但是他仍然无法摆脱被欺骗的感觉。

"Hal 知道真正的任务吗？"

"应该不知道。"

Kim 摇摇头。律看向 Kim 指向的地方——座椅后面，一头圆粗的细长铁棍飘在空中。那是 Hal 用来击打石块的铁棍。

"那个，不是当武器来用的吧。"

Kim 没有回答。

律问自己，如果早知道任务的真正目的，他还会报名吗？他不清楚。律眺望窗外飘浮在黑暗中的地球，比在观测站看到的显得更加蔚蓝。

"发动机点火。"Kim 下令。

律执行了 Kim 的指令。

飞船渐渐加速。

地球渐渐变大。

当地球填满飞船的舷窗时，律开始感觉呼吸有些困难了。距离地球还有不到五千公里。

"检查氧气量。"Kim 的声音像从遥远的地方传来一样微弱。

"剩余氧气量可使用二十个小时。"

"但为什么呼吸这么困难？"Kim 的声音透着痛苦。

"氧分压快掉到临界值了。"

"氧分压？"

"好像是因为氮气。"

"空气循环系统没有异常啊……"

Kim 的脸色僵硬，律的脸色也很难看。律凭直觉知道 Kim 的想法跟他一样，问题不在氧气而在氮气，真正的问题出在空气循环系统的滤芯。安装在着陆舱换气孔上的氢氧化锂滤芯寿命只有三十六个小时，已经用得差不多了。滤芯耗尽，氧气也发挥不了作用。

"还能坚持多久？"

"最多两千七百千米。"

情绪一向不外露的 Kim 脸色也略显狼狈。

"如果一个人呢？"Kim 的声音又变得冷漠且坚定。

"什么?"律瞪大了眼睛。

"快算一下!"下令时Kim的眼睛都没眨一下。

律双手颤抖着在电脑上输入数据。不祥的预感爬上背脊。又有一人要死亡,Hal不是最后一个。二氧化碳排出量减半的话可以支撑到八千米高空,可以坚持到进入地球大气层。

"副、副指挥官,人工卫星捕捉到的生物体活动地区坐标已经输入了导航装置。到达地球近地轨道后,将导航装置转为自动着陆模式。"

"指挥官!"

律抬头看向Kim,他没有回避律的视线。

"我的失误应该由我承担。"

"维持生命的相关装置由我负责,是我没有预估到这些问题,是我的错。"

"是我下命令放弃指挥舱的,所有的责任由我承担。"

"我不同意。"

"律,这是命令。"

律愣住了。这是指挥官第一次叫他的名字。Kim开口叫他名字的时候,律看到了他嘴角露出的微笑。这也是他第一次见到指挥官的笑容,然而这些第一次,就要变成最后一次了。

"我无法执行。"律咬牙切齿地回答。

Kim 望向律的眼神锐利得刺痛心脏。他嘴角的微笑也消失了。

"不能执行命令的话,那我提个建议吧。"

Kim 的提议是将决定权交给神,他手中握着两个曲别针,若是抽到尾部张开的曲别针,那就由律独自前往地球。律无法拒绝 Kim 的提议,因为拒绝提议后等待他的,就只剩下命令了。

律抽出其中一个曲别针,尾部是张开的。律低下头。Kim 把手放在他的肩膀上。

"这是神的旨意。"

Kim 的声音透着前所未有的柔和亲切,律却更抬不起头。恶心、荒唐、慌张、眩晕、想吐、愤怒、郁闷、沮丧、孤独。他开始思念珍,想念观测站。但他们又太远,地球已经太近。死亡的味道已经弥漫在眼前。又一场牺牲。律摇了摇头。究竟还要死多少人才能抵达地球?即便已经牺牲了这么多人,还是要去地球吗?

虽然死亡是神的旨意，但是赴死的方式由 Kim 自己选择。与其死后坠入地球，Kim 选择活着走向宇宙。他笑着说这是重返神的怀抱。神的怀抱比黑暗更黑暗。Kim 穿上宇航服走出了着陆舱。能储存两个小时用量的氧气筒，只装了四分之一的氧气。律紧咬嘴唇，尽量不去想象他生命的最后三十分钟。

律坐到指挥官的位置，没有回头看 Kim，而是目不转睛地盯着地球。地球每分每秒都在变大，膨胀的速度逐渐变快。在律的眼里，仿佛是地球飞向宇宙飞船。仿佛在地球之上叠加更大的地球，如同新生的星球一样不断膨胀，快速且气势汹汹。地球不再变大，而是迎面撞来。

地球的确是巨大的行星。

抵达近地轨道时，律将导航装置转换为自动着陆模式。着陆舱速度逐渐变快，一鼓作气突破了大气层的边缘。地球的引力逐渐渗入骨骼。速度表已经无法识别出更新的数字：数字逐渐变得疯狂。令人疯狂的速度。疯狂的速度，疯狂的地球，还有疯狂的任务。疯狂的地球拉扯飞船的野蛮力量甚至传递到了发丝，律仿佛下一秒就会陷入疯狂。律抓住安全带，仿佛这样就能停止如同转盘一般疯狂转动的意识。安全带绷紧了。

着陆舱穿过大气层，开始快速下降。律艰难地努力睁开眼睛，以便能够快速应对突发状况。耳朵仿佛被塞住了，大脑发蒙，总是想闭上眼睛，脑海中有数百个旋涡尖叫着互相碰撞。

律死死地盯着窗外，大气划过飞船产生的热气使得窗外火势炽盛。附着在窗户上的水珠，闪烁出黄色、红色、蓝色、紫色的光芒，聚集了所有颜色的光芒在燃烧中飞散。混乱的光芒消失后，飞船的下方出现了云层。

飞船以惊人的速度缩短与地面之间的距离，跟坠落无异了。律点燃了反推发动机，上身向前倾斜后立即向后仰倒。舱内充满了热气，几乎喘不过气来。不知道隔热层还可以撑多久。

窗外灰蒙蒙。冰冻的水粒子像珠子一样飞溅，其后划过一条尖锐的黑色物体，似乎是一座小山，也许是一只巨大的飞鸟。律探出脖子以便视野更开阔。就在这时，着陆舱好像撞到了什么东西，律的身体撞到了仪表盘上，额头和膝盖火辣辣的，眼前模糊起来。

在一阵彻骨的寒冷中，律打着寒战睁开眼睛，感觉额头一阵刺痛。他摸了摸额头，手上沾了血。窗外依旧透着灰白的微光，结冰的固体胡乱飞舞。

窗外的风景渐渐熟悉起来，远处有某种巨大的东西逐渐显露出来，那是削凿巨型冰块制作的雕像。抬头望向雕像的瞬间，律瞪大了眼睛。雕像居然身着宇航服，一只手拎着铁棍，另一只手拿着头盔。

律像被蛊惑了一般痴痴地望着雕像的脸。粗眉毛、细长的眼睛、长鼻子、薄嘴唇、短下巴，怎么看都像他自己。律仿佛在梦里，那种能够意识到身在梦境中的清醒的梦。律能感觉到另外一个自己在梦中注视着他，另外的自我当然也是在梦里。梦境冰天雪地。奇怪的事情不止于此。仔细端详，发现雕像没有耳朵。律不自觉地摸了摸自己的耳朵，耳朵还在，它不在梦里。不对，冰冻的不是梦而是现实。

他觉得应该出去弄清楚。确认这一切究竟是梦还是现实。他解开安全带，刚想要站起来，却发出一声惨叫扑倒在地。膝盖处尖锐的疼痛迫使他跪在地，拄着 Hal 的铁棍才能勉强站起来。律手里提着头盔，打开着陆舱的舱门走出去。

踏上地球的瞬间，律清醒地意识到这不是梦境。巨大的重力仿佛将脚粘在地上。何况如果是梦的话，不可能这么冰冷，仿佛心脏都要被冻僵了。律没有戴上头盔，他想要用肉眼看清楚雕像。他抬头望向雕像，仍然难以置信。即使在梦境里也难以置信。他的身体不停地颤抖，不是因为寒冷。有一些物体从下面吵嚷着簇拥上来，看起来像火光。不止一个，甚至传来喧嚣声。应该是身份不明的发热体。万一是敌人呢？Kim 的话回响在耳边。

律重新抬头望向雕像，跟他相似的程度甚至令人惊奇。不对，简直一模一样。除了一点。

律跪在冰冻的地面，受伤的膝盖已经失去知觉。他翻找宇航服的口袋，从里面掏出一把刀。他开始割自己的耳朵，割掉左耳再割掉右耳。

火光形成的群体靠近了，却听不到吵嚷声了。什么都听不到了。律突然望向天空，仿佛在找谁，或者某种东西。天空中没有月亮。着陆舱的火焰一点一点地掀开地球的黑暗。

作品解读

해설:
잘하는 능력은 어디서 오는가

백지은

作家的才气从何而来

白智恩

1. 花花公子的信念

绝代的花花公子哥是秉持信念的。卡萨诺瓦[1]曾说过,在自己生命的最后能找到幸福的地方只有图书馆,可见他是一个十足的读书狂,有人说他之所以"阅女无数",是因为他把结识女人看作另一种阅读。从卡萨诺瓦的角度来看,体验世界就是与女人交往,喜欢女人就是理解世界。达到这种程度的话,恋爱不是所行,而是所信。当一件事不是生活的意义或目的,而是生活的方式和过程时,那么这不是因世界而起的反作用,而是对

---

[1] 卡萨诺瓦(1725—1798),意大利冒险家、作家,追寻女色的风流才子,一生有过不计其数的女性伴侣。(编注)

世界产生了作用。花花公子可能不是一种气质，或许是信念的产物吧。

笔者在这里并不是要美化花花公子，也许在某种层面上，从某种远高于平均值的"次数"或"种类"的非同寻常的层面上来看，花花公子式的态度可能具有自我实现性吧。万里挑一地追寻情有独钟的理想型，或者探索对方的魅力，这两种类型的划分，不失为一种区分花花公子的方法，他们自由地寻找新的对象，每次在与对象的关系中都追求热烈的快乐。从这一点来看，花花公子都是冒险家和快乐主义者。世界上有无数的事情可以作这般比喻，即自由地去寻找新的对象，每次都在与对象的关系中追求热烈的快乐。从这一比喻来看，卡萨诺瓦笔耕不辍地创造了精彩绝伦的小说，他的个人魅力和花花公子的风格的确有某些相似之处。"创作得最辛苦的小说是最近完成的这一部，最珍视的小说是即将创作的下一部。"这番作家的心声听起来与花花公子的信条"最喜欢的女人是今天第一次见到的女人，最爱的女人是下次要爱的女人"如出一辙。能使用这种花花公子言辞的作家，就是金劲旭。他给人以端正的印象，形象诚实稳重，使用这种比喻恰当吗？但是谁说花花公子不诚实稳重呢？普希金曾用两个笔记本分别记录了在一夜情的女人和真爱的女人之间的经历，难道普希金不诚实稳重吗？如果说金劲旭也有两本笔记，那么一本是已完成小说的目录，另一本是今后要创作的小说摘要。在过去的二十多年里，金劲旭的创作成果首先在数量上相当可观，并且与其他突出个人风格的作家不同，他的作品风格各异，让人难以明确把握，这就是他豪放不羁、毫无束缚地进行小说创作的证据。跟那些对下一场爱情充满期待的花花公子一样，他说："下一部作品才是我创作的力量。"

花花公子的信念有着几点要求。首先，不要对爱情产生制约和偏见。而且，虽然对待爱情是矢志不渝的，但不要因对某一个人的不能自拔，而把爱情变成偏执。年龄、阶层、美丑，卡萨诺瓦对此不做划分，平等地爱着所有女人，对他来说没有无法爱的女人，这就如同金劲旭摒除了局限和成见，能把世间万事融入小说一样。他的小说融合了当代社会热点或大众文化代码的原因也在于此。如果说很难想起和归纳金劲旭作品的主题、金劲旭的创作观点，那是因为他忘我于所有小说，却不为任何一部所束缚，有着洒脱自得的创作足迹。最重要的是，花花公子无论何时都可以对新的爱情充满欲望和自信，并有着能够立即投入新爱情的能力，还有在实际上也十分"擅长"爱情的技术。拥有六部已出版的长篇小说，并即将出版第七部小说的金劲旭，他的努力正散发着花花公子的魅力。

2. 作为诠释形态的逸事

"寻找灵感是业余作家才会做的事情，我们只要一睁眼就开始动笔了。"这是职业作家们说的话，花花公子也会说类似的话。寻找命中注定的缘分或者神秘的吸引力，这是业余行为，我们就算和今日初见的人也会坠入爱河。其实把他（金劲旭）理解为他（花花公子）就行了。让爱情 lots 或者 well 的能力来自哪里呢？或许是当我们不再专注于自身时才会出现吧。了解对方，理解对方。视线所及不是自己，而是他人。写小说的金劲旭之所以看起来像花花公子，似乎主要出于这个原因。金劲旭以在小说中避谈自己的故事而著称。在采访中,面对采访者"作家真实的一面是什么样"的提问,他回答"我想尽可能地忘掉自己"。不知为何,这也给人们留下了一种严厉的作家印象。事实上,在他写的许多故事里,无论是自然人金劲旭,还是生活人金劲旭,总之作家的日常生活几乎没有掺进作品。大体上,比起所谓自己的内心,他的小说创作更注重世界这一外部存在。与其暴露自己,不如窥察对象;与其展现自己,不如了解他人。

所以他风流的行迹,来自想要细细了解他人的欲望和使之呈现出来的能力。他写小说的欲望不是为了摹写自己观察的对象,而是想让自己理解的对象以他人的形象出现。因此,出现在故事中的人物、事件、背景等,不能立即还原为他所经历的世界的一部分,而是成为他想要理解世界的欲望通道。小说本来就是如此,但是在他以前的小说选集里,当那些收录的故事直接反映这个时代的社会文化现象时,故事的内容也被认为与目击者或体验者、记者或散步者的经历完全不同。这倒不如说是社会学家或精神分析家才会有的经历,因为他的小说是对社会各种病症诊断的一种诠释。他的诠释没有遵循物理因果，或是逻辑因果，而是创造出了"小说因果"。与其再现这个世界的物理／逻辑因果，不如通过这个世界因果逻辑出错的地方呈现出的症状，形成新的因果关系。

这本小说集有几部作品是以未知的时空为背景，更加鲜明地展现了小说因果。在《人生很美好》中，在"近未来"的时空里，通过在手掌上移植 USIM 芯片来使用的网络手机，已经实现了商用化；针对性医疗服务实施后，患者很难与医生面对面交流；老人们用脏器反向抵押贷款当作退休金使用等。小说描述了近未来时空里的种种社会现象。乌拉圭新郎很受欢迎，外国屈指可数的名牌大学遍布韩国各地，韩国仁寺洞成了国际大街区等，小说的内容用美妙的想象力做了点缀。同时在小说中的假想社会中，存在一种"自杀特别法"。这项法律的制定，使得只有取得自杀执照的人才能自杀。小说的叙事以这样一个沉重的社会现象为中心展开。"不惩罚未遂的自杀，惩罚成功的自杀"，这一设定之所以有着不能一笑置之的重量，不是因为法律规定太过荒唐，而是因为面对"没有自由死亡的权利，等于没有自由生活的权利"这一事实，人们突然茫然不知所措。在生活和死亡同时被操控的这个社会，教育、就业、结婚、居住、医疗、养老等等，这些和个人的一生密切相关的社会问题，前景暗淡，被赤裸裸地描写出来。这个时代的读者们曾摇着头说："怎么可能会到这种程度呢？"如今看过小说之后也会不安，因为小说中的假想社会和当今韩国社会，并无两样。

《地球工程》中描述的虚拟现实，也展现了"小说因果"独特的一面。当"地球只是一颗被冰雪封冻的星球，而且是充满放射能的死亡星球"(p.265)时，位于"月球背面"，用以探测火星的月球基地里，一些人类种族聚集在"元老院"生活。律每天都"眺望地球、眺望地球、眺望地球"(p.262)，"用凝视的火花给沉默的导火索点火，以这种方式深爱着地球"(p.264)。对于律来说，地球是想要了解、想要触及的对象，地球却让律"无法触及、无法抚摩"(p.264)。有时律还会产生"不是他在观察地球，而是地球在观察他"(p.260~261)。对于"我为什么要去地球？"(p.271)的疑问，没有想出答案的律，最后决定一定要前往地球。"疯狂的速度，疯狂的地球，还有

疯狂的任务。"(p.283)

这部小说首次发表是在 2011 年，所以对于那些看过 2013 年阿方索·卡隆执导的电影《地心引力》的读者来说，这部小说的设定和宇宙的景象，以及对行为动作的描写，就好像用文字还原了电影的场景一般，让人不禁拍案叫绝。描写未止于此，在小说中律抵达地球后，最先映入眼帘的是一座与自己相似到令人惊奇的雕像，小说的这部分内容意味深长。"蜷缩在不可思议的黑暗的一隅""既不靠近，也不疏远"，这或许就是自己的样子，不，因为不是完全一样，所以只有割掉自己的耳朵，把自己关进无声的沉寂之中，才能展现出自己（不）可能的样子。小说把精神分析式的诠释进行了叙事化处理，这样解读应无大碍，即永远无法触及的欲望的对象，是像自己一样的他人，也是像他人一样的自己。

《人生很美好》和《地球工程》并"不是"通过对未来社会的想象，反映或反刍现实。这些小说作品，不是通过对世界的真实再现，而是通过作家的诠释，以人为的叙事揭露了现实中掩藏着的现象。如果把这些内容命名为"作为诠释形态的故事"，那么人工虚拟的世界也许会合理化，但这本身并不是一种现实或事实。因为这样的故事不是根据"心理现实"或"象征现实的一部分"的想法而构成的，而是人工虚拟世界中的某种结构性功能，对现实产生了作用。换句话说，如果说物理上、逻辑上的因果关系是关于现实经验秩序的，那么小说上的因果关系则是驱动现实经验秩序的某种幻想体系，是与意识形态相关的。金劲旭在观察并捕捉社会症结时，其全方位性的敏感与敏捷，显得一目了然。与此同时，这部小说选集中展现的小说因果关系，集中表现在特定类型的人物身上，这一点更加引人注目。近来，这些小说人物成为金劲旭分析/咨询的对象，这些人物无法构成物理上、逻辑上的因果关系，其原因十分明显，他们是"不老的少年们"。

3. 不老的少年们

所谓少年，即尚未成熟的男人。用弗洛伊德式的观点来说，或许是认为自己是未曾分裂的，是拥有完整自身的小孩子；是声称自己知道一切，无须他人帮助的学生；是用无所谓的态度对待自己的失误，并且相信自己是掌控命运的主体。他们的面孔随处可见。让我们先来看看《少年不老》中的"少年"。

在"近未来"万物冰封的冰河时期，少年和爷爷一起生活在"只有那些没钱去南方或者在南方没有可投靠的亲戚的人，才会脸色蜡黄地留在这些名字优美的'村庄'里"(p.107)。这里更温暖一些。少年每天都去上学。吃完校餐的玉米面包之后，用从空房子里偷来的木材烧火，然后每天都会清除积雪或将其融化，在包括着"过去的四十八次假期"的岁月里，上学是这个少年唯一的支柱。这部小说的核心是故事最后出现的反转，少年在空房子里遇到了一个小孩子，小孩子问少年："叔叔怎么总跟骷髅说话呢？"(p.124)"少年"说自己不是少年，爷爷不是活人。少年不仅"不会冻死，也不会饿死"，而且不会变老，因为妈妈要在少年长大之前回来，在少年长大之前，爷爷不能独自留下少年过世。因为如果爷爷去世，就无法守护公寓，如果不能守护公寓，"就算雪化了，花开了，妈妈回来了"(p.125)，也无法找到少年。

只要妈妈不回来,不,只要一直等待着妈妈,少年就不会老去。实际上,少年的生活无依无靠、穷困不堪,即便如此,对"妈妈"的幻想,支撑着少年顽强地面对这个世界,这是少年存在的欲望——原因,也是可以补偿少年所有缺失的,如同所谓完美的"代打者(替补击球手)"。这样一个有着强迫性人格的主体,他相信在"学校"上学的人是不会像恐龙一样灭亡的,他虽然总是思考着自己的"存在",对自己却一无所知。

最能体现这种主体特点的人物角色,是小说《第九个孩子》中的"金上士"。他出生于二十世纪四十年代,在越战中受枯叶剂的伤害,留下了后遗症,肺和肝都已经萎缩。尽管如此,他仍把"冒着生命危险去了越南,差点就得到花郎武功勋章"[p.214]这件事,当作一辈子最大的骄傲。金上士的对手是"世界最强美国佬"。即使美国帮助了南越,南越仍然战败是因为精神力量薄弱,如果"韩国的警察也成了威风凛凛的美国式警察"[p.216]的话,很快就会抓住犯人。《狗的味道》中的刚刚步入老年的大叔们,也属于这一类主体。这部短篇小说里,主人公以"为了保卫国家付出一切的年代"[p.41]

为豪，开始了寻找"老人"之旅，这个"老人"是将三人聚集在一起的力量，也是衔接他们的过去和现在的纽带。他因"赶尽杀绝反动分子的非罪之罪"(p.30)而过上了铁窗生活。"安"有着一双千里眼，"只用一只打火机就能探出大学运动圈里神出鬼没的头目的隐身之处"(p.36)，听说其他两人也具有特殊的能力（但是他们对彼此的能力并不了解）。他们感叹着："我在拼死保卫国家的时候，你们这些还未出生的小玩意儿"(p.57)，现在当看到"因为高龄而被解雇的公寓保安在楼顶静坐示威"的报道后，他们咂舌说道："这些人，动不动就爬上去示威"(p.41)，对于他们来说，终身使命是服从"长辈的命令"和"保卫组织的苦肉计"。

无论是那个不老的少年，还是这个年迈的老人，都生活在一个已经由成年人规定了意义的世界。从这一点来看，他们并无两样。无论是在妈妈回来之前不能成为大人的少年——大叔，还是把攻击将帅错认为耿直正义，把偏见错认为训诫，把不义之举错认为裁判的大叔——少年，他们坚定不移地相信，自己的模样是已被长辈们所规定了的。但有趣的是，这些讲述着少年不老的故事结尾,都有小小的反转,对整个故事的脉络有些许牵制。在《少年不老》中,少年暗示着以后要和空房里的孩子一起生活,从此"少年"并不是少年的真相被揭露。在《狗的味道》中,寻找老人家的他们终于来到了老人的家,位于金马公寓烟囱的顶端,老人家就是那个说:"我们现在还能干活儿,单方面解雇就是杀人""动不动就爬上去示威"的公寓保安。在《第九个孩子》中,金上士主动去追查那个可能是为了折磨自己而诱拐孩子的犯人,在遇到了跟他非常罕见的同名的人以后,突然回忆起过去的事情,但除此之外,孩子的诱拐事件仍然扑朔迷离,金上士本人的行踪到最后也成了悬念。

那么,也许这些"少年"也不会相信,这信任的对象"代打者"实际上有着完美无缺的意义。只是他们凭借信任而行动,因为他们不想知道代打者的不足。不是因为认可才信任,而是通过认可的行为而变得确信。他们或许也知道,长辈已经不再优秀,美国做的事不对,自己已经不是少年。但是,他们的"实际"行动被可能他们自己都不相信的信仰所控制。因为他们自己的理解/误解,认为只有这样他们的"世界"才不会塌陷。

4. 他们对自己所做的事一无所知

也就是说，他们不知道自己实际上在做的事情是什么。不管是少年，还是老人，还是平平无奇的邻居，这部小说选集中的人物，都在这拥堵不堪的世界里挣扎着，小说里的世界与其说是现实的真面目，不如说是这些人物对自我和世界的幻想，或是对现实的误解。例如，下面这篇主要讲述误拿了快递的男子，最终目睹了隔壁女人坠落身亡的故事。让我们来细读一下。

《喷雾》的主人公有一天因为隔壁的猫叫声彻夜难眠，这导致他第二天错拿了别人的快递。主人公几乎每天都听着隔壁的声音："他都得听着女人的洗澡声拉屎，听着女人的广播声系领带，听着女人的逗猫声出门上班"，尽管"他的听觉并不敏感，但奇怪的是一听到隔壁女人的皮鞋声，他的眼睛一下子就睁开了"(p.7)。

虽说如此，实际上，他是一个敏感的单身男人，一直在和仅一墙之隔的女邻居进行着心理战。"都怪那只该死的猫"(p.5)，主人公忍无可忍，终于按了邻居家的对讲机，但得到的回答不是"对不起"，而是"知道了"。

但当他在路上偶遇女邻居时,"女人看向他的瞬间,他为自己投诉猫叫声的事感到一阵紧张,慌忙转过头",看着臀部印有"pink"字样的粉红色运动服,男人发觉自己是如此的"低俗"。在察觉到隔壁房间有陌生男子进进出出后不久,他看到了自己故意拿错的快递箱子里装着一只猫的尸体,就在他觉得有必要去查清楚这件事情的时候,"粉红色运动装,背影苗条"的女人从楼上阳台坠落到了花坛里,这是他第一次看到隔壁女人的侧脸。

  但是,读完小说中这个运气不好的主人公经历的一系列事件后,一瞬间产生了"这现实吗?"的疑问。他"由于失误"拿走了别人的快递,但是,这个"失误"毫无疑问地刺激了他的快感,在这之后他把拿别人的快递变成了习惯,就像排顺序一样,他终于拿走了隔壁邻居的快递。他说这一切都是因为隔壁邻居家的猫,"找出原因后,他一下子放松了"[p.3]。可他当初的失误真的只是失误吗?在"故意"把隔壁家的快递取回来的那天,他就像是一个"为了美味入口的那一瞬,可以忍饥挨饿直到最后"[p.13]的人一样,沉浸在欢愉之中,难道真的仅仅是因为好奇心吗？他也许认为，这个对待自己礼貌委婉的陈诉，却做出无礼回应的女人，理应受到惩罚。男人和女人就如同住在同一个屋子里一样，通过声音公开了所有私生活的隔壁女人，对他来说好像触手可及，但女人对他的存在毫不关心，他也没有勇气去接近隔壁女人。男人的那种猥琐心态在一瞬间以奇怪的方式表现了出来，他也许是想故意以这种方式来接近女邻居的。

当然，早上时，他并不清楚自己的目的到底是想借此机会压制女邻居，还是要得到她的关注。正因如此，隔壁女人的猫死去之后，当她在对讲机里难过地哭泣时，男人的心情从愤怒急转成了悔恨。他在不清楚自己做了什么的情况下，"就好像他对女人做了什么坏事一样。他想跪在女人面前抚摩她的脚。"[p.19]读到这儿，不禁对男主人公说的"把装着死猫的箱子寄回去的事，更让他牵挂"[p.20]这句话再次感到疑惑。当初连快递单号都没有贴附的隔壁快递包裹里，那只猫究竟是被谁杀死的，在发票的收件人栏中，毫无犹豫地写下了隔壁的地址和隔壁女人的名字之后，男人自己也吓了一跳，慌忙为自己辩解说"因为之前看到过隔壁的邮件",他本人真的和猫的死亡以及猫尸体快递没有任何关系吗?这些都让人充满疑问。

《喷雾》的故事是以主人公"他"的视角为中心展开的,但是读完之后我们才意识到,不能从一开始就相信男主人公说的话。不是因为他说谎,而是因为他自己也不清楚,不,不是不清楚,而是因为他自己一直进行错误的言语表达,却没有意识到自己说错了话。他是什么类型的人呢?他自己说"比起被人爱,更重要的是不犯错"(p.3)。每当他犯错误时,父亲都会对他大喊"你这个潮不拉几的玩意儿"(p.25)。每当紧张的时候,他的手就会湿漉漉的,当初被初恋甩掉的原因,也是自己湿漉漉的双手。因此,这部小说可能不只是叙述一个男人错拿别人的快递后,接二连三发生的连锁事件。因为失误导致的一次错误配送,其实也可以视为一次能够收获愉悦的正确配送吧。一个男人把受压抑的强迫心理,转化为对隔壁女人扭曲的欲望,其中"失误"在这一事件过程中的意义,正是这篇小说所要阐释的。

简言之,在金劲旭的小说中,他充分地表达了人物的想法，故事却不知不觉间暴露出了不符合人物意图的部分。小说的人物误以为自己实际做的事情就是自认为在做的事情，他们没有把自己身处的情况现实化，这个现实就像是小的反转，反映在了小说情节里。那么他们的错觉和误会来自何处呢？难道是因为他们特别缺乏判断力或过于心软？如果不是这样，那么他们的错觉和误会实际上就来源于对现实的幻想。这些导致错觉和误会的因子，已经充斥在日常生活的方方面面。因为这些因子是位于现实的中心地带的，是支撑现实的力量。

5. 如此厚颜无耻的意识形态

可以说在这部小说选集里，金劲旭笔下的人物有着倒退的、故步自封的形象，这与其说是想表现出与现实对抗的主体姿态，不如说是想展现对现实本身的幻想效果。因为他们不是现实生活中的逃犯，而是在现实错误运转的地方，在现实中的物理性、逻辑性因果暴露失败的地方，被吹弹出的一类人。

让我们来看看《升降机》的主人公吧。把"一贯性和均衡"视为金科玉律的"平凡的"上班族"孔"住在公寓二楼。这一天他在公寓管理费缴纳通知书上，发现了电梯更换费这一栏。为对抗这场不公正的电梯事件，他去过物业管理事务所，找过物业经理和居民总会，他四处奔走，和无数人打过交道、争过高低，但不曾有人理解他，也没有人真诚地帮助他。最后，他想通过证明自己从未使用过电梯来消解冤屈，但是这件事做起来更难。不仅谁都不肯当证人，而且对于"真的从来没有搭乘过电梯吗？"(p.193)的疑问，使他开始怀疑自己可能无意中乘坐过，或者哪怕曾经错误地乘坐过，真的连一次都没有坐过吗？最终他还是只好承认说"应该是打了。应该是。所以，那就肯定没错了"(p.194)。末了，他终于还是坐了一回电梯。直到这时他"压在心脏上的某种重负似乎也在消失"，"他的脸上完全恢复了平静"(p.195)。

为什么那样呢？这是什么"平衡"？他不是不想听从"命令"。只是信奉"一贯性和均衡"的他，一心想操控命令而已。为了避免命令的不均衡，就算现实是他必须证明这件事自己从未做过，但对他来说，重要的不是不服从命令，而是让命令恢复均衡。只要他使用过一次电梯，命令就会恢复均衡，他会欣喜地服从命令。从结果来看，他并不是为了不听从命令而努力，而且可以说是为了听从命令而努力。这就是命令的存在方式。命令不是因为本身具有"一贯性与均衡性"而具有效力，为了不让命令失效，他通过自身的失败来让命令始终具有效力。

《山羊的骰子》中的主人公"男人"一生没有做过一次坏事，他一直等待着可以向"山羊"报仇的那一天。男人的弟弟因"山羊"而死，男人的父亲为了申冤，在法院前面开了一家小店，整天高喊："枪，用法律应对；刀，也用法律应对。"(p.237)这般诉诸法律，法律却不曾倾听他的声音。法律不是消除冤屈的手段，而是增加冤屈的原因。大家都说"男人"是"没有法律约束也会规规矩矩生活的人"(p.234~235)，但希望"好人有好报，恶人有恶报"(p.234)的他，要求的不是法律，而是正义。法律对正义冷眼相向，他自己为了实现正义，一生都渴望着报仇雪恨，但是最终正义没有实现。直到山羊生命的最后一刻他都不曾离开，他的复仇如同对病人的看护，他的愤怒与悲伤并无两样。人类的罪行在人类有限的生命面前分崩离析。

但是，即使罪行瓦解，复仇和正义也不会消失。男子为了报复撞伤山羊的出租车司机而再次踏上了复仇之路。对他来说，山羊的罪行已经不重要了。惩恶是法律的事情，正义不是用来惩罚罪行的，正义只能通过复仇才能实现。法律比起罪行更关乎于惩罚，正义与罪行无关，而是系于复仇。如果法律和正义最终不是用来裁判罪行，那么罪是什么？惩罚与法律，复仇与正义共同构成了"罪"的原因，这部小说对这般的"罪"再次提出质疑。

人与罪的关系不仅涉及法律和正义的问题，还与神有关。《老大哥》中据"我"所知，"敬畏父亲是我有罪的证据，无论那是什么罪，我都无法去天堂了"(p.66)。虽然哥哥"犯了罪也能泰然自若"(p.70)地飞向了天空，人们却认为哥哥不敬畏父亲是因为他没有犯罪。"我"即使没有犯罪，也会被负罪感所折磨，但哥哥犯罪后也没有负罪感。那么负罪感是先于罪行存在的吗？基于"罪"和"罪人"，或"罪"和"负罪感"间颠倒关系的基督教教义，主张"我们生来就是罪人。无论是十恶不赦的罪人，还是犯下轻罪的罪人，同样都是罪人"(p.92~93)，似乎这才是小说批判的核心。

但是，即使不听从上帝的话也能得到人们认可的哥哥，直到最后都不是罪人之身，这并不是这篇小说要讲述给我们的故事。"我"认为没有惩罚哥哥的上帝是没有错的，问题的核心，是这个无视哥哥所犯罪行的世界，"我"的这般不满最终平息了。没有负罪感的哥哥，最终成为落伍者，一生因嫉妒心和自卑感而痛苦的"我"成了传播上帝教义的牧师。

就像出于对战争的恐惧而积攒黄金的爷爷一样，像因为舞台恐惧症在礼拜说教前总要吃牛黄清心丸的父亲一样，恐惧、自卑感、负罪感最终让人类平凡，也就是说，成了让人类卑鄙又安然无恙地生活的动力。从结果来看，这部小说告诉我们，先行于罪恶的负罪感是这个世界实际运作的教义。可以说，这些悖论性的故事批判了作用于人类社会关系的命令、法律、宗教等意识形态。但这些内容并不是想要告诉人们，压抑的意识形态影响着社会的象征性秩序，而是暗示着象征性秩序运转的原理就是意识形态本身。因为这些小说式的因果关系不是通过否定命令、法律、宗教的人物来具体化的,而是在肯定他们的同时,通过出现于某处的与他们背道而驰的人物而具体化。虽说这些人物源自金劲旭的叙事,但另一方面,也许正是因为有金劲旭的叙事,这些人物才得以诞生。与其说是因为这些人物被诠释后才形成了故事,不如说是因为有了这样的故事,他们才会得到这样的诠释。

6. 读过的内容,自己讲故事

"读了又读,再继续读;写了又写,再继续写。小憩的时间之后,赶紧起来洗脸,吃饭,读,继续读,再接着读,写了又写,再接着写。小憩片刻,赶紧起来洗脸,吃饭,接着读……所谓作家,应是这般。勤勤恳恳的反复,是小说创作的王道!"这是小说家白家钦提及金劲旭时所说的话。作家应该如此这般,但像金劲旭这样阅读的小说家,即读小说,读报纸,电影、历史、棒球,还有人和世界，这般从未停歇片刻进行阅读的人少之又少。先读。然后他开始写。不是写读过的东西，而是让读过的东西自己讲出来。他不是用自己的视角把读过的内容表达出来，而是这些内容自己在表达着。他不是从已读的内容中择取奇特的故事讲述，而是将自己所得的见闻知识娓娓道来。虽然已阅读的内容与他的个人经历紧密相关，并会形成非个人知识的一部分，但金劲旭的创造性在于，他并非描述这些内容，而是将其作为思想来源创造出的新内容。这个创造性再次成了金劲旭的独创性，这里的独创性与其说是来自他的阅读，不如说源于他坚持不懈地阅读这一事实。当作家的个人固有性，作为世界上发生的故事中的一个要素展露出来后，才有独特的特质，而这并非作家的独创性。这如同小说的事件和人物，就算非常接近现实，但也不是现实的反映，而是现实的条件，作家也是如此。事实上，在这种情况下，不能说是作家不愿意透露自己的体验，或者无法通过小说感知他的内心世界，作家已经作为"不留下最终话语的，对话的组织者和参与者"展示了自己的体验，因为作家的内心世界不是用他的文字呈现的，而是将所阅读的内容再创造后呈现出来的。而且最重要的是,他现在又开始了新的小说创作,小说的创作会到什么时候,他的欲望和能力,在很久之前就已被大家所知。写小说的金劲旭是有信念的,并且任何人都清楚他的信念稀世罕见。